且以明媚过一生

◇◆ 赵平 著

中国华侨出版社

图书在版编目（CIP）数据

且以明媚过一生 / 赵平著 . —北京：中国华侨出版社，
2017.8

ISBN 978-7-5113-6952-9

Ⅰ . ①且… Ⅱ . ①赵… Ⅲ . ①散文集—中国—当代
Ⅳ . ① I267

中国版本图书馆 CIP 数据核字（2017）第 170888 号

且以明媚过一生

著　　者 / 赵　平
责任编辑 / 桑梦娟
责任校对 / 王京燕
经　　销 / 新华书店
开　　本 / 880 毫米 ×1230 毫米　1/32　印张 / 8　字数 /203 千字
印　　刷 / 三河市华润印刷有限公司
版　　次 / 2022 年 2 月第 1 版第 2 次印刷
书　　号 / ISBN 978-7-5113-6952-9
定　　价 / 32.00 元

中国华侨出版社　北京市朝阳区静安里 26 号通成达大厦 3 层　邮编：100028
法律顾问：陈鹰律师事务所
编辑部：（010）64443056　　64443979
发行部：（010）64443051　　传真：（010）64439708
网　　址：www.oveaschin.com
E-mail：oveaschin@sina.com

自序

　　岁月待我已是优渥，我这样想。

　　我们都是那样行色匆匆，却又是如此念念不忘，庆幸在每一次擦肩的瞬间，我用并不豪迈的方式将往事记下，是一种纪念，也是缅怀。

　　对于日子而言，我们过得并不整齐，弯弯曲曲的悲与欢，像一丛丛的杂草在光阴中时起时落。终于，我们从少年变中年，再后来，老得枯朽，归于一抔尘土，这一生必与喜怒哀愁相连。

　　我不愿忘记，选择用文字的方式留存。

　　无论天高地阔，朴素日常，还是山河岁月，一并深情，欢喜着都能在年华深处稳稳安居。

　　我说过，渴望在文字的高空继续翱翔，一遍遍遭受着风雨雷电的淬炼。每个人活着，必然有信仰，我所膜拜的是一颗孤独而高贵的灵魂，守候着永恒的精

且以明媚过一生

神图腾。

　　喜欢一句话，谦卑地存在，高傲地活着。

　　我想，就算有一天清贫至极，在茫茫世间只能拖着一只行李箱踽踽独行，我仍会清楚记得那箱中装的全是来自灵魂的深爱，是一粒粒岁月的馈赠，是一笔笔指间的微笑。

　　如同《风吹来的沙》，这部集子仍然是以散文的方式记录。散文，不及诗歌的唯美灵动，也没有小说的苍茫与磅礴，它是自由的，像水一样，柔美而深情。散文最像一个人的肺腑之言，在非虚构的世界里用灵魂深处最真挚的声音去尽可能引人共鸣。可以说，这也是一种苦苦的修行，必须把一个人的内心狠狠地晾晒出来，反复抽取、剥离，或者揉碎、组合，写散文无非就是一场内心的自我角逐。

　　真情，是散文的精魂。

　　然而，最让人欣喜的是，写散文，亦如凤凰涅槃，所有深情的交付之后，是一种平和与愉悦。记得有位

自序

朋友与我谈起，他说每个人在生活中都会有疲倦的感觉，总需要找到一个口子去安放，而你，选择了文字。

就这样，在春来秋去中，我写下了这一篇篇文字。

只愿，我把生活写成字，而你、你们，能把字读成生活。

我的生活，与"北"有关。生于北方，长于北方，最终一生的时光都不可避免地要交给这片被叫作北方的土地，我知道，我的双脚已被牢牢捆绑，而我的思想乃至灵魂亦早与这北方相融。

北，成了我生命的刺青。

感谢脚下的热土，赐我种种情怀。

其实，从小是极喜欢江南的，对那里的一砖一瓦都是一往情深的向往，也许人总是习惯眺望远处的风景，常常忽略了身边所拥有的种种。然而有一天，往回看，你会惊诧，于美好而言，脚下的草木本身都是你快乐的源泉。

北方，也很好！

世间所有的美好，只因我们怀着一颗甘愿美好的心，只要你愿意，看山山俊，看水水美。王阳明说过，如若你看街上的人都是圣人，那街上的人看你自然也是圣人。这是一句充满了禅意的话，同时蕴藏着深刻的智慧与哲理。

其实，人生最美的，是无论花落满天，还是十里冰封，怅对苍穹时，但愿你记得，人世的哀愁与欢喜都是如影随形的，一扇窗闭合了，定有另一扇窗打开。

我们的快乐，总是自己给予的。

写这些字的时候，阳台有几盆花正开得娇艳欲滴，也可以说，这本书里的每一篇文章都是在阳光沉醉的日子，就着一捧捧花香写下。我用时间的双手将它们一一纳入怀中，就像在心里种下了无数朵灿烂的笑。

目 录
Contents

第一卷　心绪如花
快乐源于自己，没有理由不让它开成一朵花

第二卷　一碗日月

除了远方和诗意，还养着一碗日月

第三卷　欢喜倾心

携一怀欢喜，与岁月慷慨相爱

第一卷　心绪如花

快乐源于自己，

没有理由不让它开成一朵花

心绪就是一缸最活跃的染料，只要我们愿意，它可以被调制成各种颜色。它并不执拗，你想让它像水，它立刻就柔情四溢；你想让它像乌云，它马上就能黑压压堆成一片；你想让它如花，它立刻就绽放得百媚千娇。

　　我们的快乐，总是源于自己，自己没有理由不让它开成一朵花。

我这样一个女人

忽而，想起很多年前曾有一人说，你该被称为女子，而不是女人。

中华文字就是美妙，只是一字之差，差之千里，不同的人用不同的思维考究出来的意义更是天上人间，千差万别。女子，该是温婉而优雅的，像一帛绵柔的丝绸。而女人，更像一匹棉质的布，朴素而平凡。

其实，我只是一个女人，在阳春白雪与下里巴人之间，我更适合站到后者的行列。

也会颓废，也会悲戚，甚至偶尔也会歇斯底里，女人有的一切坏毛病，我都有。霸道、不讲理、小气，还有小小的虚荣，甚至是喜怒无常。时而阳光明媚，时而又是阴雨霏霏；笑时可以撒欢地笑，哭时又是撕心裂肺一般；时而顽劣得像个孩子，时而又忧伤蹙眉，染尽了凉意。

我不是一个足够美好的女人，但这一生都在追求美好的路上，不知疲累。

岁月是无情的，亦深情。每每在镜中端详自己，人还是那人，只是容颜不复，与年轻有关的章节都被一层沧桑掩盖，没有谁抵得过这份苍老。然而，就是这颗渐渐走向苍老的心，却更懂了世间风情，更加明白以什么样的姿态才能活出风骨。

魅力，只有经过无数风雨的淬炼才会熠熠生辉。

自古有言，女人如花。而每一朵花，必有其出世之姿，浓浓淡淡，其香味自是不一样，气场也各不同。

一个女人，首先懂得欣赏别人，才能被人欣赏。你心中的天地有多宽广，人生的格局就有多大。女人，可以偶尔矫情，却不能以为矫情就是可爱；女人可以任性，却不能把任性当个性；女人可以虚荣，却不能拿虚荣当殊荣。

年少时我们也曾沉溺于儿女情长，你侬我侬，以为三言两语的情话就是一个世界的天荒地老，以为一场爱情就是一生的信仰。所有的喜怒哀愁都要渲染得一片喧哗。哪个女子心底不曾有过一个公主梦？总盼那"嗒嗒"的马蹄声自远而来，带来灼灼桃花的美。谁让女子易为情所困，多了些小情小调。

那个年纪，轻狂与挥霍都是必须的，恰如春天的小草就要疯了狂了，没了命地往上蹿，莫要负了大好的春光，空等秋来顾影自怜，瘦了山河岁月。

年少的女子，心里装满了童话，两颊绯红晕红了最美的年华。可终究是过去了，虽时常也为一朵梅上雪惊艳，也恍惚走在唐朝的路上，擎着一颗柔软的诗心，在一切的古旧中眉眼生欢，但我们又必须懂得这只是在与岁月慷慨相爱。

那繁华，一点点落了去，余下的，只是平静地看山看水。因为过去很多年，一路疾驰，看过许多的风景，遇到过很多的人，时光激溅了一身花色，而我们却无能为力抱紧身体的所有去留住它。

留不住，就不如放了它远去，我相信生命中的每一个阶段都会有一种最合适的方式来陪伴。

走了这么久，生活教会了我们，不再年轻的女子，不必热情似火，不管不顾地去吵吵嚷嚷，做一个让别人舒服的人，便是好；女子，不必总渴求别人的喜欢，自己喜欢了自己就是快乐；女子，大可不必风华绝代，然一定要灵魂生香，内在的修为才是一生不老的美好。

我喜欢杨绛，不做作，不自傲，纵是于混浊之世行走百余年，依然一身从容，干干净净，也清清爽爽。活着自己的样子，不附、不沾、不妒、不骄、不浮，内心的强大永远会让人多些快乐，那样看山山美，看水水美，看人，人也定是美好的。她说，我们夫妻习惯把日常的感受当作美酒般浅斟低酌，细细品尝。如此恬淡，清如许的情怀，世间女子怕多是要望尘莫及了。

杨绛，是多么好的女子，最贤的妻，最才的女。所谓贤，所谓才，定是有着山高水长的深远，有着无比广阔的境界。

此生，虽不及绸缎的丝滑与高贵，依然愿意从容地活着，庆幸着这一世为女人。盘古开天辟地，女娲大泽造人，最早的人类以女为荣，部落的首领必是一个被众多男子推崇与围绕的女子，那时，孩子不必知道父亲是谁，但一定知道母亲。母亲，这是女人的荣耀，自古便是。虽历经辗转波折，但女人终将还是美的，在岁月中挥墨成那一道艳丽的景。

女人，可以享受人间最高的荣耀，可以用世间最美的语言来赞美，可以理所当然地不讲理，也可以脆弱，可以流泪。女人可以如水，如月，如书，如花，如茶，女人的美是信手可拈来，随处皆可见。一如每一个季节，都有着各色的美。

女子也好，女人也罢，做一朵风来飘香、风散从容的女人花，便是好模样。

如我这般女人，不美，倒也活得坦然，常自喻为尘，却愿谦卑地存在，高傲地活着！如我这般的女人，早与年轻的大动干戈举杯决绝，只是想认真点燃每一天生活的热情，给心多点阳光的暖。如我这般的女人，纵是岁月以凉薄欺我，而我，仍愿用毕生的执念为它书尽春夏秋冬。

我知道，我从来就是一块棉质的布，唯愿可以缝制成最合身而温暖的袄。

关于春天

　　我从一首诗出发，来到春天。你应该懂得，我是那么渴望染一身花香，你也应该明白，没有哪个女子不爱美，不惜春。

　　关于春天，一直都是美的，它无数次栖居在文人墨客的笔砚上，也把吟不尽看不够的好种在每一个人的心上。

　　春天，那么美，撩拨着一丝又一丝渴望美好的情。

　　这个春天，所有美好的开始，该从一片桃林说起。三生三世十里桃花，一心一意千年执守。

　　那一世你是凡人，我是神，我愿忍尽刻骨之痛护你周全，再一世，你是青丘美丽的狐仙，你是高傲的帝姬，我愿付上相思，熬煮成伤，只是很想继续爱你，第三世，十里桃林，我为你复活，成了天上人间最美的情话，历尽沧桑劫难，眼泪纷飞，比起此一刻的相拥，都值了。

　　我知道，《三生三世十里桃花》，最美的便是这三生三世的情染上了桃花的味。桃花，是春天最夺目、最热情，也是最活跃的存在。

　　一部《三生三世十里桃花》奏响了春天的序曲。

　　桃花的香还在萦绕，一簇簇樱花来了，放眼望去，细细碎碎，

且以明媚过一生

密密麻麻都是美，美得不像话。粉色的花瓣像漫天的雨，所到之处无一幸免，都中了它温柔的招。

美的，还有木棉，红而不艳，烈而不傲，深沉而隐忍，于是我常觉它是花中真正的英雄。木棉的花色是美的，那种低调不张扬的美，它其实蕴含着无比的力量，无穷的美。

我没有亲眼看见过木棉花，但却热切地渴望着，渴望有一天能与它窃窃私语。

有花的春天，真的美。春天，也理所应当是这样美的。

可你并不知道，塞外的春天，是孤寂和萧瑟的，只是在夏天来临时，匆匆一瞥。春天对于塞外，可能只是路过，是为了奔赴夏日，抵达秋天，或者更准确地说，它所要朝拜的，是可以让人冻得龇牙咧嘴的冬天。

这是一片坚硬的土地，更是可以在孤独中坚守的土地。春天的它，依然如此清贫，耐得住寂寞。

三月，眼看就谢了幕，风一阵阵地吼啊，吼啊，满天的尘土乱了大地的妆容，从来不明白为什么塞外的春天是如此出场，近乎粗野，就连云，都透着一股子豪壮劲儿。

如果你说春天的云也是缥缈而绵白的，自由舒卷，薄薄的忧伤，淡淡的美，我只能说，那样的安静并不属于塞外。塞外的云是最富有感情色彩的，它虽不及江南云朵的旖旎与秀美，可它更显风骨。

我喜欢"风骨"这个词，感觉它是最适合脚下这片土地的。

我认真观察过秋天的云，那应该是一年中最美的样子，它变换着各种姿态、模样，时而像巍峨的山；时而像一缕炊烟；时而像一只飞鸟；时而又像一条飞鱼。忽而千军万马，如兵临城下，忽而又一泻千里，如河水滔滔。那云朵都像注入了生命，立体而活泼。

可春天的云，虽不及秋日丰富多彩，却也是豪迈的，不知是谁挥毫泼墨，在天空成就了一幅水墨画，也不知是谁即兴挥洒，一纸狂草苍茫了天地。自由而不羁，自由而淋漓，这是不是一种野性的美？

我问女儿，你会不会感觉咱们的春天远没有江南的姹紫嫣红美？

她说，不觉得，北方也很美，虽然萧瑟，但也有它自己的美。

原来，只要你有一颗美好的心，怎么样都是美。

写给春天

我以为春天还在路上，没料想已不期而至。

一个"春"字，已是生机一片，已是蠢蠢欲动的希望在澎湃。是啊，沉默了一个冬天，酝酿了一个冬天，经过严寒的淬炼，忍受了繁华之后的萧条，所有的隐忍势必要以王者的气概席卷山河树木。

太阳沿黄经每运行 15 度所经历的时日称为"一个节气"。每年运行 360 度，共经历 24 个节气，每月 2 个。立春即一年中第一个节气。小寒与大寒是一年中最后两个节气，也是寒冷至极之时。由此，极冷之后便是希望滋生，破土而出。

蓄势待发，以及极不可耐的冲破似乎就是春天最真切的心情。

时光轮回，在青春的澎湃与无边的沧桑中一遍遍更替。有些时候，来不及唏嘘与感慨，已是梦去了无痕，来不及认真，就失散在流年。所有风物终将是经不得时光的打磨。于是，我们仅能做的，也只是在老去的光阴中，一剪树影，一轮明月，一壶老酒，几番斟饮后暗自醉了浮生。

年轻时，总以为可以拥有许多，那颗朝气蓬勃的心无疑是霸道的，也总以为自己的光芒足可覆了天上人间。其实，我们需要的并不多，一个健康的身子，一番好心情，还有一个快乐的孩子，一个与我们厮守到老的人。

如此，我们也是像春天一样欢喜雀跃过，也带着那番喜悦激荡过年轻的生命。人到中年，不言沧桑，却已风尘满怀；不说离伤，已是悲喜动荡，像秋日温和的阳光，以及田野里一把把低着头的麦穗。我们怎能不感谢春天的萌动？

这世间所有的拥有必然要经过一番付出，所有秋天的风光必然在春日做过昂扬的梦。从春走来，一路以梦为马，踏歌而行，纵是有朝一日繁华谢尽，冬深梦落，依然记得这一路，我们与人间彼此真情相待过。

立春了，春天已扑面而来。在春天，我们一定有许多的事情要做，一定也会借着春意的盎然点燃一些生命的热情。春天，是适合种梦的，知道吗？

于是，立春的时候，我也一定要写一些字，用一缕春风，捎给你们。

春风·雨·诗意

（一）

春分，分春也。

春分是二十四节气之一，春分这一天，太阳直射地球赤道，昼夜均分，此后北半球将昼长夜短，而南半球则昼短夜长。所谓轮回，世间万物都在遵循着自身的轨迹悄然轮回着。

春分，将春天分成了冷与暖，这一天过后，万物复苏，燕北归，草长莺飞，花怒放，那些与寒冷相关的事情都抛给了时光。春分一过，天地间都高调起来，连雨也不甘寂寞，一场接着一场，而雷声闪电更是有一种王者归来的霸道与威严。春分一过，这个春天瞬间就会热闹、风情万种起来。

欧阳修有言："南园春半踏青时，风和闻马嘶。青梅如豆柳如眉，日长蝴蝶飞。"

春日的美好，开始一点点泼洒给大地。

（二）

说雨是不甘寂寞的，雨就来了。

"好雨知时节，当春乃发生。随风潜入夜，润物细无声。"春日的一切，都是含情脉脉的，连这雨水都柔得能把人浸润得像是没了骨肉。晨起，拉开帘子，一股泥土湿润的清香就顺着窗缝钻了进来。

我看到雨了，这是今年第一场雨。

开了窗，满满的春意马上横冲直撞地闯了进来，这才是春天啊，有雨的清新，有云淡淡的忧伤，有风的轻柔，还有空气的缠绵。一切都是生动的、亲切的，站在春天，总有一种蠢蠢欲动，站在春天，总以为自己就是一株泥下的小草，意欲冲破土层，把春天看尽。

在春天，来不及唏嘘，也来不及烦躁，春天的万紫千红会把你的心填得满满的，何况，春天还有这么美的雨。春天的雨，甚至都不用发出一点声音，就能把你的心浇一个通透，世界被淋得如此深情款款。

就这样，春天带着一身的诗意，扑入大地的怀抱。

（三）

诗意，我想我是喜欢诗意的。

连古希腊的万神之父宙斯都说，确实没有比人类活得更艰难，更苦痛的造物了。而我们日日就要这样走在人生的荒漠之中。也许，内心那一点点卑微的诗意就是一滴生活的泉水，在困顿的时候，至少喂养一下灵魂。

有友说，空了写写年少的情怀吧。

年少的情怀，关于一个人。

年少的情怀，也是像诗的，空旷而深远，意蕴悠长，而唯美。年少的诗，不够丰沛，却张力无限；年少的诗，不够深刻，却唯美而动人。

这一生，我们会邂逅很多人，然后再与许多的人擦肩错过，但总有那么一个人挥之不去，驱之不散，纵是经年的沧桑掩了清颜，但凡有一点点微弱的灯光，就能把曾经的岁月照个通亮。

某一日，与他们聊起年少的"男神"，他们调侃，但我的心里分明知道那也只是一种情怀，即便四目相对，亦知道人世间有一种美好是不可触碰的，让它们留存在内心最柔软最美丽的地方，在岁月中发酵成满心的芬芳。

年少喜欢过的那人，未必是我们最爱的，却是最美的，干净而纯粹。而如今，又何必把它生拉硬扯出来，染上世俗的模样。年少的情怀啊，是朵没有开放的花，是一枝青色的叶，苍翠而清郁，散发着淡淡的香。年少的情怀，寂静而清雅，倒是有几分像这春日的雨。

原来，在一个叫春分的日子，就着一场细细的雨，真的很适合写一写年少时，像诗一样的情怀。

一片桃花

桃花，是一场蛊。我以为，桃花是种在红尘的在劫难逃，入尘者，无一幸免。桃花，以情与爱的名义出现，落在词里，捻于曲中，从古旧的时光一路而来，过尽三千繁华，染遍悲欢离合，还是无法拂去它美丽的容颜。桃花，艳一分，妖了些，暗一分，又俗了些。恰是那不娇不媚、不薄不厚最是让人欲罢不能，这桃花的好样子，一开，就醉了。

我也把《三生三世十里桃花》看完了，起初的视若无睹还是难抵那一片桃花的魅惑。我说，以后我只爱夜华。说完，自己也笑了，这灼灼桃花，到底是美的。想来，每个人的内心深处都住着一个梦，一片桃花的梦，不与容颜有关，更不受年龄的约束。纵然"朱颜辞镜花辞树"，青丝成霜，还愿以梦为马，桃花香如故。如夜华般的男子，谁能不爱？一生付尽痴心，三生不忘。她在，你柔情万千，她去，你相思成灾，只为一人，山河都失了色。纵然有人与你青梅竹马，为你寝食难安。爱，从来不论早早晚晚，那叫素锦的女子也是花容月貌，飘然仙子，奈何几万年的时光焐不热你寒凉的心，断不如桃林深处，那一眼的回眸。你说，素锦不过是你案几的笔架，她的容颜你都未曾记下，更不在乎她要嫁于谁。任她爱如潮水，你却不动声色。最难的，他对他爱的女子，从来深信不疑，一个爱已经填满身体填满了灵魂，任谁的金戈铁马在他的面前都败了阵。他信她是对的，她是美的，她的一切，都是好的。他看似的冷若冰霜阻开了别人的纷纷扰扰，用内心的热情如火，生生世世，只为那一人。坐在一朵桃花里，不思量，自难忘，尽把此情此爱开成了十里桃林，美了天上人间。

其实，我喜欢的还有那个叫凤九的小狐狸，明知无缘，却情深似海。正如情不知所起，却一往情深。你是石心难化，我执念无悔，你说此生无缘，我愿画地为牢。三生石上抹去了帝君你的名字，却挡不住我用断尾的痴情把你刻在了不朽的心田。

世有崔护，"去年今日此门中，人面桃花相映红。人面不知何处去，桃花依旧笑春风。"所谓桃花一朵，恰如心中奉举的情爱，落在一纸章节，开过了沧海桑田，瓣瓣还是香。又有《诗经》云："桃之夭夭，灼灼其华。之子于归，宜其室家。"这是最早的关于桃花的诗句，借灼灼其华的桃花，托起对流浪在外的夫君的思念，读后有一种彻骨的凄凉。再有，陆游的《钗头凤》中说："桃花落，闲池阁。山盟虽在，锦书难托。莫莫莫。"注定，桃花的命是给了爱情。开时，热热闹闹一树桃红，连凋零，都是铺天盖地的哀怨凄绝，满地的落红荡气回肠，如此，正如"落红不是无情物，化作春泥更护花。"桃红，占尽了春色，似妩媚，又似娇羞；热情如火，又温婉如雨。

从一首诗出发，再到满纸桃香，它晕开的是无数年以及无数人灿烂的梦。它，就是这么灿然肆意地美着。春天来了，是桃花盛开的好时节。所以，三月的第一页该写给桃花，也该写成桃花。

桃花有梦

（一）

一扇心扉，守尽黄昏，无人推。七堇年如是说。

年华辗转，越山蹚水的红尘里，谁又是谁等候了一生的那缕清风？我用一个执着多想把守候坐成永远，奈何，那风，早随三月的桃花散成了一地的春泥。那扇心扉，便成了推不开的疼痛。几番悲与欢的较量，几番相遇与别离的对垒之后，所有的故事都绾结成了记忆，落在案头，不敢翻，不能翻。如果说世间所有的相遇都是久别重逢，那决绝的离去要挥霍掉多少相逢的喜悦啊！那些年少时光中一往情深的暗恋，就这么颠沛流离，最后，成了指间的地老天荒。我心深处，住着一片桃花源，盛放着艳艳、烈烈的爱情。一直，它成了我不知疲累的暗恋。我喜欢，把桃花比作爱情，娇媚、风情、鲜艳、热烈而霸道。这样的感觉，定是蚀骨而入魂的。我更喜欢，有这般爱情的桃花源四季只为我浓郁地盛开，像陶公笔下的那份自在悠然。想来，一生一世，相看两不厌，晨钟暮鼓，琴瑟和鸣，那该是世间最美的模样了。一场爱情的梦，追逐了太久太久。又是一年秋风起，抬眉，欲接住一片美丽，却发现有一种浅浅的忧伤以落叶的姿态跌入，原来，这个季节注定不与桃花有染，到底是没了那份灼灼而妖。流年似水，转眼，已是人近中年，任曾经多少癫狂，多少自以为是的情深义重，都缱绻成了唇间一抹浅笑。那时眉锁清愁，那时画地为牢，那时独上西楼望断天涯路，那时衣带渐宽终不悔，那时，多像枝头的桃花，朵朵、簇簇，满眼尽是缠绵。一抬眉，轻易，就想起了。忘记，是那么残忍的事情，而念起，却又是残酷的。桃花源，像一场梦，梦里，有一朵桃花曾鲜衣怒马。

（二）

年轻的时光，想必就是用来张扬，用来造梦，继而像虔诚的教徒般一路膜拜。纳兰是有梦的，不然不会因为那些错过与失去而吟诵了一辈子忧伤。他说他是人间惆怅客，我说，他是人间多情种。那是才下眉头却上心头的欲罢不能，那是说不清理不顺的痴缠纠葛。张爱玲是有梦的，不然不会将高傲的身姿俯身尘埃，依然欢喜着要开出一朵花儿来。是的，她是有梦的，一个高擎着满身清冷的她，一个将世俗都能装饰得那么富丽堂皇的她，只为一人，柔软得像一摊水。卓文君也有梦，丢下富贵，选择在一个暗夜，将一个女子的所有热情交付，然后任贫困与背叛一一袭来，只为一个天长地久，只为一场无法停歇的梦，她隐忍，她无怨无悔。三毛，也有梦。她以为拥抱着自己的梦可以与生活一齐白头到老时，却被命运击了一个粉碎。所以，让她如何面对？明明刚刚还是炎炎夏日，瞬间一雨成冬，世界冰封了她所有的欢愉与幸福。戛然而止的除了梦，便是快乐了。一树桃花，开成鲜艳的爱情，醉了的何止他与她？有人说，你的名字是我见过的最短的情书。人心，就是这么无章无循，固执地将一颗桃花的种子埋下，掬一捧烟雨，拈几缕诗意，日日夜夜用深情滋养着。待花儿一开，满枝的香就醉了十里春风，美了整整一个春天。这衣襟带香，这一寸一寸的喜悦，有谁能躲过？桃花，太美了。足以让人忘却零落的忧愁。只是一个季节，便把一生的热情用完。原本堆满的字句哗然断裂成残破的往事，怎么连，都会惹落一地的愁。余下的时光，要怎么才能写好？

<h2 style="text-align:center">（三）</h2>

你给我桃花灼灼，我想还你爱意烈烈。只不过，还未踏入你花间的小屋，那一扇铜绿的门，便锈迹斑斑染满了沧桑。扑面而来的陈旧，仿佛你是踏歌泛舟从遥远的上古而来，我，不过是门前那株桃树下，失了魂、丢了心的迷路人。我与你，瞬间，陌路，不相认。原来天长地久，不过是误会一场。一阵风起，桃花便落了一地，多像戏里的伶人莫名就扯得心微微作痛。弯身，捡起一瓣，依稀还有熟悉的味道，残留着你指间的温度。这些年，哭过，笑过。这些年，以为写一个人会是一生永不枯竭的热情，到后来，没有挥手的再见成全了红尘的薄凉。可怕的是连怨恨的力气再没有，妄图用原谅来放过久已破碎的心。高傲地行走，高傲地微笑，高傲地将黑夜一遍遍抚摸，只为了隐藏那些念念不忘。那一朵桃花，成了拾不起的惆怅。

终究，这一生，桃花成梦。

尘世之美

下雪了，并不大，细细的，柔柔的，像雨。或者，更像一个女子碎碎的心事，就那么飘啊飘啊，纠纠缠缠落了一地。

我说，没有雪花的冬天到底是单调的、严肃的，没有雪花的冬天如同一个隐忍而沧桑的老者，在岁月的洪荒之中独自坚强，忍受孤寂与落寞。在那个即将过去的冬天，我竟然升起一丝类同于同情的惆怅，整整一个冬天啊，没有一场雪送来一丝温存。没有谁牵着它的孤傲在红尘中同行。

时光无言，所有的悲欢在行走的光阴中，根本不算什么。

二月的时候，雪来了，却很不像样子。没有飘飘洒洒的风姿，更没了北方的豪情，更多的，是它雨丝般的清愁。

我不想说雪花忘记了冬天，也许，只是错过。

人生，不见得在对的时间就能遇上对的人，风尘仆仆的路上，难免遗失了彼此。错过的，也就错过了，春来秋去，花落花开，生命的年轮日日重复，不知疲累。

常记《半生缘》中有一个镜头，世钧和曼桢在很多年后重逢，车流不息的街口手中牵着各自的孩子，俩人久久凝视。最后曼桢说，世钧，我们回不去了，再也回不去了。他与她的戏就此彻底拉下了幕布，几十年辗转，物是人非。并不是相爱就可以成全一场天荒地老，也并不是念念不忘就能捡回曾经。很多年后，彼此重逢，恍然才觉，哦，我们一直难以舍弃的只是一个影子，也只适合在梦里千回百转。

雪花，在二月的枝头落下，却压不弯枝身，轻飘飘，惹人怜爱。

少时，常觉雨是云的泪，它漫天漫地哭泣，足可惊了山河与岁月，是人心的动荡，是天地间的忧伤。我，亦爱听雨，喜欢这一番淡淡的忧伤，是一个人的独自清欢。所以，听雨，听的又何曾是雨？而雪，我也一厢情愿认为它是云的心事，带着它所有的情怀来到人间。

二月的雪，怎么像泪？

哦，我明白了。这是对冬天的缅怀，更是对一场因来不及而擦肩的缘分做一番深情的祭奠。

再见，还要长长的等待。而再见之后，又是怎样一番境地？

雪花，做着最后的告别，在红尘万丈里轻轻起舞，这无根的花儿啊，一来到人间，便融于大地，化为乌有。它是用生命做着最真的道白吗？它想对这个世界说，至少，它来过吗？

我只把心，行走于这片片雪里，不言不语，任风吹过季节的转弯处，捎来冬的深情，看雪与冬在相隔的光阴里沧海桑田。

然而，这一切，也是美的。

我信，世间万物，皆有灵性，而我与你，与你们，同是这一切的深悟者。

雪小禅说，一个人的心里要住着广阔。

我说，我们心里的广阔一定住着尘世之美。

秋的简语

（一）秋风

秋风乍起，一夜之时，世间便换了容颜。冷冷清秋，眉锁清愁。

秋天到底是凉的，一缕秋风吹过，心头便有了阵阵的寒意。于是开始感慨这人世的薄与轻，经不得秋风的撩拨，轻易就败了阵。

秋风是浩荡的，它从夏天一路狂奔，穿过田野，穿过屋舍，然后与树撞个满怀，与雨相互交融，它甚至不用金戈铁马，就俘虏了整片江山。于是，叶儿黄了，就连太阳也开始早早躲到山后面。

秋风啊，一遍遍地吹，吹瘦了花红柳绿，也吹尽了百媚千娇，直至大地将万物裹挟着一起深深地躲藏。它们蛰伏成无言，任秋风肆意。

秋风是何其霸道，它能以胜利者的姿势在岁月里一遍遍笑傲。

（二）秋叶

一阵风过，叶片来来回回旋舞。

叶子的离去是树的不挽留，还是风的追求？我读不懂它们之间的纠纠葛葛，但我却能深切感受到叶子起舞的苍凉，带着一种沁骨的忧伤。它们久久徘徊，在大地上转了一个圈，又一个圈，最终还是被风带走。离开生命的根，做着浮萍般的流浪。

黄色，本是耀眼的色彩，有着富贵的味道，是饱满的，灿烂的。然而，在秋风里的黄叶却是凄冷的。

秋叶，还像一位优雅的女子，有着经过了一些世事的淬炼后的沉着，稳重，纵是我见犹怜，却也难抵它一身的魅力。

（三）秋雨

一场秋雨，一场寒。

秋天的雨仿佛就是为了浇熄生命的热情，让它们一点点变得安静，变得颓冷。最后，与冬天耳鬓厮磨一起酝酿来年。

秋雨，不及春的缠绵柔软，不及夏的热情澎湃，细细地，却掷地有声。

推开窗，接一滴秋雨入怀，你会感觉到单调的冷，没有大地的芬芳，没有泥土的馨香，一切透着干涩的强硬。不是它不愿与万物交融，而是它用一身的凉意拒绝了原本的温情。

秋雨，其实很美，却是一位冷美人。它心底最真的情感，有谁会懂呢？

（四）秋心

秋心，合成愁，一场秋，满纸离人泪。

写了多少年，写来写去，这一纸秋，总也写不出个暖来。秋风秋雨秋意深，秋叶秋心秋情薄。

在秋天，总是适合释放一些忧伤，然后站在落叶的边上，想念一个人。后来才明白，这秋的凉大抵是与爱情有关的。是爱情渲染了秋天，还是秋染指了爱情的模样？

只不过，不思量，自难忘。一捧深情并非因为秋天的离别而拒绝夏意的炽热。有过，便是无悔，有过，便是世间最好的丹青手，画出了相逢的美，画尽了邂逅的好。

秋意深深，寂寞无边，心底一座坟，葬着未亡人。在一场又一场的秋里错愕地想起，留恋，那满地的落叶如层层叠叠的愁绪堆满秋天的胸膛。

（五）秋情

有时候想想，也许秋天的忧伤只是我们人为地强加，为的也不过是安放心底一些凌乱的绪，为它们找到一处寄托。

不管怎么样，秋天都是美的。深沉而忧郁，丰腴而饱满。

你必须相信岁月的每一场馈赠都是好的，都是我们眼里盛放的美！

愿撷清香寄流年

　　每年都有秋，可每逢秋至，仍然禁不住内心小小的冲动，用手机将秋的剪影一遍遍留存。

　　也许，秋是一样的，而每一场秋意似乎又跳动着细微的不同。但凡用心，总会有美好跃然眼前。读朱庭玉的《天净沙·秋》："庭前落尽梧桐，水边开彻芙蓉。"一"尽"一"彻"，已然是寂寞深深，一种绝然后的苍凉，油然而生。古语也有"梧桐一落叶，天下尽知秋"。可见，秋天就是一场凋落的开始，直到谢尽繁华，归于冬天的土壤。

　　于是，秋天总与愁伤有关。

　　但秋天又同时可以承受最辉煌地怒放，譬如那铺天盖地的黄，浩浩荡荡，容不得你思量，迟疑，瞬间就掠了所有喜欢。

　　恐怕，只有秋天才可以同时承受起这两种极致的情感，却依然可以平心静气，从容而优雅。

　　于是，我再忍不住，要拍，拍秋，也拍秋天的心情。

　　少时，不懂秋殇，只是田野染成大片大片金黄的时候，我就知道要丰收了，我的眼里所装的几乎全是庄稼人的悲欢。后来长大了，走出村庄，眼里的秋不自觉被尘世的乱红纷飞填满，才懂原来秋天的情怀也可以那么凉，那么凄。然而，这时候的秋或许才是一场完美，有血有肉，有喜有伤。

秋景，没有春的稚嫩，没有夏的热烈，也没有冬的萧瑟，它若人到中年的优雅，是成熟之后的淡定，也是风雨后的那道彩虹。

我喜如此不张扬的美，我怎能不拍下它？

秋天，可以美得像一幅画，五颜六色，风情万种。

晨起，出去，看到一种树，满身的黄，一眼就入了心。那黄，未及灿烂，只是浅浅的，淡淡的，然而一叶一叶紧紧簇拥在枝头，顿觉是一场盛大的纯粹，来不来招架就撞入了心怀，清朗朗，明净净。

没有多一分，也没有少一分，恰如其分的干净。

这时，想起刘禹锡的《秋词》，"自古逢秋悲寂寥，我言秋日胜春朝。"便强烈共鸣。此时你看秋，眼里断然不会有忧，有愁，人世的美好会从这几枚叶片中闻风而散，把个世界落得满满。

如此，走在秋里，用一怀随遇而安，随时邂逅着那些不经意的美，或是黄得耀眼，抑或斑斓的愁人。

以前，不曾见过落叶松，前段时间无意遇见，一树一树的浅黄，薄薄的、稠稠的、细细的，还毛茸茸的，远看像一朵一朵黄色的雪花挂满了枝头，娇俏得让人恨不得拥满怀。若将它比作女子，定是小家碧玉，温婉多情的。喜欢便不请自来，且一下子就住进了心里。

可以说秋风就是一位伟大的画师吧？它调制着各色的颜料在大地之上挥笔一就，就是美不胜收。我也知，秋风在成全了一场磅礴的美时，也将它们一点点摧毁。是秋风惧怕世界的庸俗，不能供给它们长住的机会，而只在短暂的盛放之后就匆匆带走吗？

这遗憾成了秋天的一道忧伤，氤氲了古往今来。但我更深知，我急切拍下的种种断不与忧伤有关。就算秋天瘦尽了所有，枯瘦的黄叶蜷缩成眉心清愁，最后妆成一场萧冬，我仍会记得你曾经最美的容颜。

我拍，我摄，只为你曾轻轻来过，带着一袭感动。

雪染岁月凉

（一）雪

未有预兆，便下了一场雪。

没有雪花的冬天，该是多么落寞啊。整整一个冬天，尘间萧瑟，孤草萋萋，枯藤老树昏鸦，西风犹寒，瘦马独行。我以为，这个季节就该是这样惹凉了辞章，无端便是寒意深深。

雪花，是曼妙的舞者，给予沉默的大地风情万种。

所以，雪来时，我的心就活泛了起来，定要在雪里走一走，听一听。

东晋谢安，一日将侄女侄儿聚集一起谈经说文，不一会儿，雪下得很大，他便高兴地言之："这纷纷扬扬的大雪像什么呢？"侄儿说像空中撒盐，而侄女谢道韫便说不如将雪比作被吹得满天飞舞的柳絮。

若说雪花如盐，却也不能论之有误，然分明显得生硬了些，举手抛盐，跌于大地，似乎激不起半点响动，轻易就淹没在了荒漠无边的寒冬。而如果雪花若絮，轻轻地、柔柔地，飞来飞去，整个世界就像一幅画注入了生命，瞬间活了起来，动了起来。

冬天，一定要看一场雪，在眉尖烙下这雪白的印章，才算与冬真的迎面相逢过。

（二）染

染，多像是一个罪魁祸首，无声无息就改变了原本的模样。

染，染色、染料、染坊，再有染病、染恙、染惹等等，一个染，便是铺天盖地的不复从前，便是不动声色的兵荒马乱。

我承认，我是一个抵抗能力很弱的人，常常因一句话、一阕词，甚至是一首曲子就染上了忧伤。我在一杯染过的心绪中暗自沦陷，甚至决意不问红尘来处，不求生命将奔赴何方，一个杯子筑就的天堂就成了匍匐佛前的夙愿。

一块纯白的布，放下去，拿上来，染遍了红绿青紫，就如万般喜怒哀愁。尝过了，品过了，它的生命也丰富无比。生命的好，想必就是被染了又染，就是在苍白清寂处开出一朵朵染过的花儿来。

倘若春天没有被染绿，秋日没有被染黄，又哪来这么多的季节闲愁？哪来春花秋月？也不会因四时风光衍生出悲欢离合来。

我不想说这"染"的好与不好，但我已深深知道世间是需要染的，纵是染得凌乱不堪，纵是万劫不复。

一个人，不可能独自苍白地活下去！

（三）岁

一见这"岁"，我就想到年。岁岁年年，如水而过，时光不复。岁月像个高明的小偷，易如反掌地偷走了年轻，也偷走了许许多多的故事。

　　"思君令人老，岁月忽已晚。"是该幸运，还是该怪怨你留下的一世惆怅？恍惚从光阴的窗前走过，那些若雨一般滴滴答答的往事已渐次隐匿起来，缱绻成深深的心事。从此，"一扇心扉，守尽黄昏，无人推。"

　　从岁月的繁华中归来，栖息在最简朴的小屋，偶尔独坐花间，温一壶小酒，不知与谁对饮，但定会微醉。

　　你来与不来，我终将老去。

　　所谓的抵死纠缠，所有的风花雪月，在一场转身过后，就变成了回忆。

　　于是，来不及相濡以沫，便要相忘于江湖。

　　岁月，不堪回首，却总频频回头。

（四）月

　　"恨君不似江楼月，南北东西。南北东西。只有相随无别离。"欲恨，还爱，是也。

　　"恨君却似江楼月，暂满还亏。暂满还亏。待得团圆是几时？"欲爱，不够，该有多无奈。

　　一月清辉，洒向人间，满是情。黑色的夜，因为这一弯月而变得温柔，变得明朗。月，是夜的精灵，跳动着温情的字句，从无数的指间穿过，散发着清洌的香，是从古至今的孜孜以求。

　　都说镜里拈花，水中捉月。花与月，到底是难求，难恒。

　　花是美的，月也是美的，虽不能至，心向往之。"花前月下""月上柳梢头，人约黄昏后。""明月千里寄相思"，这一道月光啊，总与情有染，装满了世人的期许。与一道月光相逢，就如与一场欢喜相约，牵着时光的衣襟从美好出发，愿一路明媚，尽是相悦。

可是，我竟然忘了，推开窗，想让月光走进来，随之一起来的，还有风，吹乱了额前的发丝，也吹乱了流年。

（五）凉

我喜欢这个"凉"字。薄薄的，细细的，像乍冷还暖时的小溪，清冽冽就入了心，沁了骨。

愿在秋风里行走，只为那一丝丝风的凉，有点小寒，还有几丝余暖。恰就在那一处适宜中，不偏不倚，整颗心就被吹得明亮起来。常常也把小字写得凉些，或者更准确地说总会写成凉了的字，因为写不暖，也因为不想写暖。

微凉的小字，更适合妥帖安放我的千头万绪。

久而久之，性情便多了些薄凉，不愿如阳光般热情地去拥抱人，以及物。与"冷"相比，"凉"好像类同于小家碧玉，没有"冷"的大气磅礴，也没有"冷"的高傲决绝。

我是羡慕张爱玲的"冷"的，纵然曾在尘埃里卑微地开过一朵花儿，但也可以自将萎谢。也许，开放与凋落从来就是一个人的事情，我们有权利来选择自己的人生温度。汹涌澎湃地活过，然后是盛大的绝望，从此，用一个"冷"字便把余生过尽。

这样的"冷"，高不可攀。

如此，我的"凉"就有些捉襟见肘了，然而这小小的凉，微小而宜人，正是适合我这般简单的女子。

（六）雪染岁月凉

一场雪落下，凉了指间的字句。

不是岁月薄情，只是，人太深情。所有的深刻交付，最后必会是一场无声无息的沉默。沉默，是最深厚的语言。

雪还在落，一片，一片，又一片，而我，就在这"柳絮纷飞"的时候，很想堆一个雪人，把漫天的心事绾结。

次日，天晴，阳光大好，待我再次走过，雪人已化作一摊雪水，生生，染凉了岁月……

白衣胜雪，雪染长梦

某日闲翻，看到四个字：白衣胜雪。这该是多么美的样子，明眸皓齿，朱唇轻启，婀娜多姿。未曾谋面，却已香飘十里醉了浮生。原来，有一种美的事物足可以让人流泪。

笃定，我也是爱美的人，不然不会惊诧于那四个字，便让整个世界弥漫出了清香。

俗世里游离，时时也想有几番小小的欢喜，做着一些与灵魂照面的事。把一本书翻到故事收了尾，然后掩卷，再次与那些角色一一会面。这时，极容易忘却自身的所有，迫不及待地做着别人世界的动情看客。年华似水，朝朝暮暮能追寻着别人的脚步看遍世情，却也不乏趣事一件。至少说明内心是安详的，

书是静的，字也是静的，连心，也看静了。

一朵花儿接着一朵花儿地开了，生死更替，繁华与落寞已尽在眸中，只在方寸天地，我便看尽了四季的繁复。那个阳台，其实闹闹嚷嚷，也像红尘。

我想，多半这一生就会这样简单地老去，直到有一天，这古老的全部被归纳成尘，我也轻飘飘谢了芳华，与时光一起隐匿。

年老的我，皱褶着脸，一把如柴的手，还有昏花的老眼，

歪歪地坐在岁月的一把竹椅之上，望向春天，也许再不会有一首词被写在指间。我再无法像燕子一样飞来飞去，在春天的万紫千红中穿梭。那些娇艳欲滴的花儿啊，你们还能为我捎来一缕"百媚千娇"吗？

握不住笔的手，终将心事付于谁？

我接近荒芜的灵魂之上，那一道刺青是不是还会隐隐作痛？微弱的手指是不是还在死死牵着一行念念不忘的诗？

哦，不，或者我已"曾经沧海难为水"，一襟湿漉漉的牵念，已随早年写下的字风干。

这一世，我们不停地相遇，继而不停地陌路。总想与山河岁月一往深情，然后与扑面而来的某一个故事抵死缠绵。是啊，抵死缠绵，我依然如此喜欢着这魅惑的词，情不自禁就陷在它幽深幽深的瞳孔。

是的，我还是想说我是爱美的，爱这世上一切与美有关的事物，包括回忆。

我也想，美美地老去，沧海桑田，有人爱我年轻的容颜，更爱我苍苍白发。阳光照进小小的院子，一阶花，一只慵懒的小猫摩挲着我露出的脚踝，还有一阵风，轻轻吹过耳畔，我听到一首温婉的小诗，那是一个人轻轻念出的。

他没有看我，目光一直注视着远方。顺着他陶醉着的远方，我看到了年轻的我，年轻的他，还有我们年轻的故事。

后来，在一个落雪的冬天，我斟了一杯老酒，轻轻饮下。仿佛雪中有一个女子，白衣胜雪，她翩翩起舞，她明眸皓齿。她说，这一生，只相遇，不别离。而我变成了一位清秀俊美的书生，牵她之手，与之起舞。雪啊，漫天地下，那无根的花儿，不顾一切扑向大地的怀抱，是在抵死缠绵吗？

　　再后来，阳光洒了一屋，有小鸟经过窗前，叫个不停，我醒来了。

　　原来，是做了一个长梦。

爱终要以烟火为壤

三毛说，爱情不是必需，少了它，心中却也荒凉，荒凉的日子难过。

年轻的时光，总愿以飞蛾扑火的姿态去跃跃欲试一场爱情，仿佛不够蚀骨的情不足以让人沉沦，不够沉沦的爱亦不足够天荒地老。那时的爱情啊，美得艳美得烈，美得旁若无人，也美得颤巍巍。

爱时，总想爱得过分，不管不顾地就让心臣服于另一个人；爱时，风含情水含情，纵是一笔潦草也能精致到香飘十里；爱时，誓如杜丽娘般生可以死，死而复活，一往情深，情深似海；爱时，定是才下眉头，却上心头。

爱情，就是这样，像罂粟般，开在红尘之上。

人生几度秋凉，原来不过一场大梦。多少世事拥着拥着就散了，看着看着就淡了。沧海桑田，春来，秋去，桃花谢尽春红，当繁华以一种落寞的姿态跌入秋日的时空，我以枯坐的样子完成了一场顿悟。

我看到了这一生笃定是最美的风景，温黄的斜阳下，一对风烛残年的老人，白发苍苍，一脸皱褶，他们旁若无人地紧紧握着彼此的手，相视而笑，一脸幸福与安详。

犹如一脉岁月的沉香，缱绻于掌心的那一粒温暖，便是一场最深沉的爱情，只不过，它以朴素的方式诠释。

所谓的天长地久，不过是一生安静地陪你到老；所谓的天荒地老，原来只是这样相濡以沫，一起晨钟暮鼓。走过许多路，看过许多风景，最美最真的，其实就是我想你时，你恰在我身边，我老了，你还把我当成小公主。

最美最真的，也是无论多少年，依然不舍得忘记最初的相识。

汉武帝曾孙刘询，就算惧于霍光的权威，却仍执意要立民间生活时迎娶的普通女子许平君为后。他下了一道诏书，说我在贫微之时曾经有一把旧剑，如今我十分想念它，众位爱卿能否为我把其找回来？群臣揣度上意，一个对旧剑都念念不忘的人，自然也不会将贫寒时相濡以沫的旧人弃之不顾，于是开始一个个请立许平君为后。

刘询不能忘记在最落魄的时候是许平君不嫌弃他，以她的善良与柔情让他感受到了家的温暖，她与他相依为命，用爱燃起他生活的希望。

他给她的或许并不只是一个皇后的头衔，而是一生的承诺，刘询不是不知道他那样做是冒着帝位不保的危险，但于江山万里，他更想给许平君的是一生的不离不弃。

本始三年，许平君再度怀孕，生下一个女儿，霍光的妻子命人在其滋补汤中加入附子，许平君服用不久便毒发逝世。刘询万分悲痛，又追封她为"恭哀皇后"。

原来，爱情，不必光辉灿烂，亦不必山河动荡，心中的念及就会是绵延一生的温情。

且以明媚过一生

爱情，也终是要从阳春白雪跌至尘埃，然后在尘埃里开出一朵花儿来。这一支爱情的花，别在胸前，永生都是衣襟带香，当岁月风干了其艳丽的容颜，余下的，便是最苍茫的深沉。

蔡文姬 16 岁就嫁给了卫仲道，夫妇恩爱，可惜不到一年，卫仲道因咯血而亡，婆家嫌弃她克夫，将她赶出。后被匈奴掠去做了左贤王的王妃，居南匈奴 12 年，生下两个女儿。后曹操感念其父蔡邕之交情，将其赎了回来，安排下嫁给了田校尉董祀。

婚后，董祀犯罪当死，她蓬首跣足求曹操，曹操念及其父，也念她命运多舛，便宽恕了董祀。从此，董祀感念妻子之恩，夫妻二人溯洛水而上，居在风景秀丽的山麓，过上了快乐的生活。

再美的爱情，终要以烟火为壤，也只有在烟火的壤上才会常开不败。

从古走来，细读细念。

如此，我想，我和爱情，并没有失散，只是换了一种方式。

陪伴是最长情的告白

心里想了很多，却终未能一一写下。于是明白，写，其实也是一种勇气。

当然，写，还是一种幸福。有情可写，有爱可写，当世间万物都可纳于笔下，字字生欢，怎不说这是无比丰饶的人生？

如同人！

若，有人共秋水长天，有人可谈笑风生，甚至是争执成面红耳赤，哪怕有人与你喋喋不休，其实都是美好的事情。

只不过，这人世间，最深的，是情；最薄的，也是情。

说着说着，就淡了，走着走着，就散了。于生命的无涯里，我们不过是完成了一次擦肩，或是短暂的寒暄，于是就各自奔赴了远方。

谁的生命中不曾车水马龙？而谁的人生又会一直是人声鼎沸、门庭若市？总有一些人来过，又走了。即便是相见时欢喜不能，即便含情脉脉，或是海誓山盟，又或者，轰轰烈烈地遇见，急不可待地相约一生一世。最终，敌不过一场时间的篡改？

遇见，不需要理由，而离开，有无数的不得已。

陪伴，到底是一件长久的事情，定要赌上一生的宽容、理解，以及最深沉的爱。

我见过许多最初甜如蜜、如胶似漆的爱情，犹如烟花一般，绽放得璀璨，凋寂得倒也迅速。一刹那间的爱，我们不能不说那是爱，但挨不过漫漫长夜，走不过千山万水，这样的爱终将是一场绚丽的记忆，却不能与我们同生共死，白头偕老。

没有经过风雨的感情，从来就是没有生命力的一场虚妄而美好的憧憬。

这一世，我最羡慕，以及最想极尽笔墨赞美的就是我的姥姥和姥爷。他们是一对平凡的夫妻，却让我见识到了这世间有一种爱就是烟火日子中撞击出来的不离不弃。暮年的姥姥总在姥爷的身上落满了依赖的目光，不，应该是爱。就算她已有些糊涂，但姥爷就是她的天，她所有幸福的源头，每说一句话都会看姥爷，姥爷走到哪里她就跟到哪里。姥爷是她目光中的所有。而姥爷，微微一笑，轻轻握住她的手。几十年的岁月，几十年的相濡以沫，青丝变白发，那沉甸甸的爱，又岂是只字片语可道尽？

每每写到此时，总似有泪花滚动。我知道，最能打动人的莫过于这般情深义重。我也终于明白，陪伴，才是最长情的告白，所有的言语不过那般苍白而无力。

窗外，几只小鸟"啾啾"不停，放眼望去，已是金黄一片，我明白这秋是愈来愈深了。

时光寸寸流散，而拈在指间的清欢又会留下几分？并不是意欲在这秋色里再加注一捧忧伤，极尽渲染着秋意的惆怅。只是回首来路，忽然发现，这一程，很多的人不见了。想那时，也是说好做一辈子的朋友，说好一起看尽落花满天，聆听晨钟暮鼓。然而，到了最后，不是我丢了你，就是你丢了我。

　　再热烈的遇见，再热情的告白，终将抵不过一种最无言的陪伴。这世间最真的喜欢，总要用时间来见证。

　　时间，总会帮我们沉淀下最深沉、最厚重的情，你说是吗？

再见还会再见

秋意，渐残。

再美的画，在无数次的动荡之后，也凌乱得再不像样子。就算有几朵小花支棱着身子硬挺挺地立在寒风中，却让我不由想到它若废墟之下拼命挣扎的一粒微不足道，一阵风来，残垣四起，所有的故事就那么做了终结。

大自然把最美的景致奉献给了人类，却又亲手将那一切一点点抹去。但这就是季节的轮回，是生命本然。如人，生生死死间不过也就是如此这般而已。

看淡了，看开了，倒也不必死死纠结于那些花开花谢。

我想，我已经很久不曾这样坐在一片阳光中，将心情泼洒。常自嘲，人到中年，满是琐碎，一把一把尽是人间烟火，心事也再不与美有染。也就羞于落于笔下，怕熏俗了这字里行间。

其实，只是忙着生活，忙着一切让自己更加开心的种种。

人言，爱笑的人运气应该不会差到哪里去。此时，我亦微笑，这一生我想我都在微笑，这是母亲恩赐予我的最好，是我一生永恒不变的表情符号。但我又分明知道有时微笑不过是用来掩饰一切的一种倔强。

生活不是林黛玉，没有那么多风情万种的忧伤，而生活却也不是一尘不染，花好月圆，你知道，我知道，所有的人都知道。人来到这个世间，不过也就是一场修行，修行的路上难免风雨，亦有无数不知名的困苦。然而，倒下并不是我们要选择的姿势，允许自己抱紧肩膀嘤嘤抽泣，也允许自己偶尔的颓废，甚至抱怨，唯独不能停下，更不能倒下。

我拿了一本书，一杯水，就坐在离阳台不远的地方，阳光明晃晃地就罩满了眼前的世界，我忽然感觉到了一种满足。就算外面寒风凛冽，我却始终可以找寻到一隅温暖，总有一些美好是为我准备的。

手里捧着《极花》，去体味人过日子，必是一日为魔，一日为仙，风吹风会累，花开花也疼。我就抬头看了我的花儿们，那些璀璨的容颜必也是经了几番疼痛吧？可花儿不语，依然那般美丽的开着，红的，粉的、紫的，一朵挨着一朵。

我又笑了，虽常感不顺心十之八九，委屈与日子一样横生漫长，然每每伤心不已时，总也有点点希望的灯火在心里一闪一烁。于此，仍然坚信吧，总有一些坚持是不被辜负的，也总有一些微笑让我们不至于迷身于万丈黑暗中。

无法撼动，就试着接受吧，用微笑的方式。

秋叶一点点落尽，光秃的树身还是坚守着大地，我想，它定是等待来年春上，再袭一身盛装吧？

花谢花儿还会再开，潮落会潮起，这世界所有的相遇必然是久别重逢，而所有的相遇，不过也是为了完成一种宿命而已。

所有的再见，也终会再见。

寂寞成酒

有风吹来，自窗外。有一种久违的亲切，也有久远的温存。

如同一缕心底的记忆。

想来，记忆以这般的姿态飘然而至，定是最好的模样。经过岁月的窖藏、沉淀，然后裹风而来，清香徐徐。

年轻的时候，总会爱上一个人，爱得悲壮，爱得沉沦，大有赴死方心甘的豪情。

时光漫漫，所有的念念不忘终于也薄了下来，淡了下去。这是一种宿命般的皈依，有着微凉的味道。

还是喜欢听忧伤的曲子，灵魂从皮囊之处穿越，飞奔其中，然后缠绵，交融，最后所有内心的惆怅就那么随了它去。心，缓缓地，缓缓地，平静了下去。

即便是情不自禁潸然泪下，时光荏苒，余下的也只是触摸到了一时的心痛。岁月以极其庞大的温柔接纳了一个人的出现，也接纳了他的不见，永不相见。

终将，再万马奔腾的情感也随尘烟而去，你怎么留，都是徒劳。一切，只是路过。

《春草堂集》中有记载，著名藏书家，天一阁主人范钦去世后两百多年，宁波知府的内侄女酷爱诗书，听说天一阁藏书丰富，两百余年不蛀，全靠夹在书页中的芸草。而她，如此倾心于这些善存孤本，于是后来，她就天天用丝线绣刺芸草，把自己的名字也改成了秀芸。父母看她如此着迷，便托知府说媒，把她嫁给了范家后人。却怎奈世事难料，范家门规森严，禁止妇女登楼。

终是无缘睹得丰富藏书，她悲怨成疾，忧郁而终。临死前，她还嘱咐家人将她藏在天一阁附近。

挚爱至此，让人唏嘘。

爱书如此，爱一个人，更甚！

爱，从来是没有来由，又无法抑制的罗愁绮恨。

从爱着到爱过，相差的又何止一个字？仿佛是一个长长的梦，总不愿醒来，哪怕在苦涩里周旋、纠缠，还是恋恋不舍。

醉过，方知酒浓，爱过，方知情重。不管以什么样的方式进行，每一分相爱的时光，又怎可忽略不计？

爱的时候，总是很爱。

爱着的时候，山河尽醉，日月含情，每一个日子都是别在胸间的欢颜。于是，看风，风生情，看雨，雨成爱。这世间还有什么比爱情更具有这样深远而巨大的美？这红尘被宠得阳春白雪，美不胜收。

然，世间爱情未见得每一桩都是美满，都是好模样，只不过那时，疼痛皆可擦肩而过，小小的幸福都会晕染出整整一个世界的旖旎。

看到一首曲名，叫"在最美时分别"，忽，心就抽动了一下。最美的时光相遇，恰好你意气风发，恰好，我笑靥如花。你与我路过的每一程都开过思念的花儿，每一分钟都涂写着烟雨三月的缠绵。最后，又在最美时分别，我没有苍苍白发，佝偻不堪，没有爬满沧桑的皱褶。如此，后来被你念起，总还是美丽的。

如此，当该庆幸这一场情爱。

很喜欢木棉花，赤红，热烈。我总感觉它有爱情的样子，无论是怒放的热情，还是决绝的落地。就是那一树的红，已足以让我联想到一个将痴情与炽热糅合在一起的女子。

你瞧，它开放的时候一点也不收敛，用力的红，用力的美，好像整个世界都要被它染红了，它不管不顾，就一心陶醉着。

爱情来的时候，多半是浩荡的。爱情去的时候，其实也是浩荡的，只不过变成了浩荡的寂寞。

爱这东西，是个矫情的物种，虽说它是泛滥的，我们总是会想，走路会触景生情，睡觉会思念涕零，就算吃饭，也会想着有一个爱着的人坐在跟前是再美不过的事情。可真正爱过一个人，以后哪怕千帆过尽，唯有那时的感觉是无人可逾越的。最深的心底，藏着最深的寂寞。

离别有多久，寂寞就有多长。任凭你呐喊，或者痛苦，可是这一切，半点不由人。

两个人的相遇要穿越多少的风和雪，要用多少前世今生的缘分来成全？算不清，谁都算不清。于是就注定了这一生的没完没了。

纵然不在眼前，也在心上。

到底是忘不了的，即便幽居成一种记忆，依然免不了被唤醒，被怀念。

如果可以做酒，余下的时光就酿成醇香，推杯换盏间微笑饮下，倒也不负这一场岁月的馈赠。

写着，写着，月光就爬上了窗台，皎洁洒了一屋。

二月雪

二月末时，意外地落了一场雪。越过小小的窗，我的心已随着一个世界的雪漫天地飞舞起来。那雪啊，细细碎碎，如同谁恣意的情怀在人间撒了欢儿地落。这雪像是为冬作了最深情的离词，又是一阕季节的乐章，吟开了春天的美丽。我知道，当这一场雪无声谢去的时候，定会在万里之壤上开出一簇簇桃红柳绿。雪很厚，一脚下去，已深埋了脚踝，冰凉的雪一个劲儿往鞋子里灌，我深一脚浅一脚，在白茫茫的世界寻找着那些惊心动魄的美。没有哪一个时刻会像现在这样让我深爱上北国，如此清寂而圣洁的美，如此凉，却如此让人欢喜。

细高细高的北国松上缀满了棉花朵儿，圆嘟嘟，而更大的松树上更是繁雪压枝，像极了丰腴的美人。这样的时候，无疑，我是该像一个孩子一样去放任心底的愉悦，不放过一丝美，多少年，以至无数岁月的行走，我一直会是那个崇尚美的人，我顶礼膜拜这尘世一切入心入魂，继而入骨的美。请原谅，在美的面前，我从来无法锁住一怀深情。

所谓的冬深寒重，所谓的满目萧瑟，又所谓，枯藤老树，惆怅离怨，够了吧？有这一场厚厚的雪足可覆了它们吧？亲爱的旧时光，且让我剪一缕春风，捎上三两片雪，送你一程吧。我是如此喜欢这无边的静寂，所有的喧嚣在厚厚的白色之中乖乖臣服，无需一兵一械，雪，以最温柔的方式征服了这个世界。此时，无姹紫嫣红，亦无青砖黛瓦，清一色的白成了最庄严的美。我曾羡慕过江南烟雨，十里桃林年年笑春风，西湖畔上日日是袅娜。然而我想我是忽略了它们一生永恒的妩媚与繁华到底是单调了些，远不及北国四时不同颜。生命从来因为多彩而丰饶，也会因为在繁华与落寞的交替中才会更加丰满。

或许，此时，我是应该写一些诗的，像清凉的风吹过脸颊拂起几丝醉人的香，也或许，我应该去掬一捧雪，围炉煮雪想来是一种极致的美好。可我做不到，我并不是一个文艺的女子，更不愿去刻意地披着青纱咿咿呀呀。我只是一个想把生活过美，用所有的热情认真丈量生命长度的人。我能写的，也只是一些长短句，一页一页刻上生活的色彩，我多想让它有着生命的热度，能够焐热尘世的一把寒凉。

二月的雪，真的美，庆幸我能走在这雪里，真好！二月的雪，真的美，也庆幸我能以自己的方式为你写下一纸喜欢，真好！真的好！

与一朵夏花相遇

　　我养了许多花，就像在眼里装了一座春天，日日有花开，时时是好景。

　　如果说花开总有花落时，那么，我宁愿用一支笔拼尽所有气力，把最后一丝花香写给世间，也写给我自己。那样，纵是繁枝纷纷落，扑簌簌的，或是曼妙如舞，亦抑或寒怆孤寂，都会落成一首诗、一阕词。

　　如此，开也香，落也香。

　　清风微澜，静水流深，不过如此。

　　我是心存美好的人，期许世间一切都是好模样，宛如明月挂中天，洒了一地银白，尽是清亮亮。

　　看书，写作，养花，听曲，把每一处美好都约遍，最后，睡在一沓沓美好的句子里，多美啊！

　　真的很美，与一场故事会面，坐到晚霞满天，听它喋喋不休的欢喜惆怅，竟是忘了归家；再与一首好歌相逢，将微笑染满光阴，直到惹出一地相思，惹得世界都唯美至极。

　　再有，看到一种花，一生只守一枝，定然，是要落泪的。襟怀顿然装满了柔情，那时看山，山美，看水，水亦美。

牡丹吊兰，我写过很多次，写过它的热烈，它的妖冶，还写过它的顽强。唯独，没有写过它的执着。

给它一片土壤，就能长成一个世界；给它一缕阳光，就能开出一片艳丽。它是那么美，是那种深到骨子里的美。可它，并不因此而招摇，就连谢落都抱在枝头上。

守候，是不忍离去，不舍离落。敢问世间情为何物，直教人生死相许。

世间能得这一份好爱，在眉间心上落成一粒朱砂，不惊天，不动地，安静而从容，笃定是朴素而真诚的一笔，恰似那一低头的温柔，润满了心间。

江采萍也想做那被生死相抱的一枝，可唐玄宗却不是抱香枝上老的那一朵花。无论她惊鸿一舞，还是梅香惹身，最后也不过白绫裹身，香消玉殒。世上女子谁不愿一生一代一双人？她是多好的女子，体态清秀，才貌双全，可称帝王后妃八大才女之一。

青春赌上，一生也赌上，终是难抵移情别恋，你美丽绝尘又如何？还是架不住他情难守。从此，她只是梅妃，只能是唐玄宗短暂栖息过的枝头。

美好，到底是难求。

真的愿千山走过，万水越过，终有一朵岁月多情花抱落枝上。

不知，能不能有幸与泰戈尔相遇，然后把这期许落在他的诗上，开成一朵永生的夏花。

绚烂，而美丽。

那就放牧吧，将那些故事一帧帧放牧于苍茫天地。或是一场雨淋湿的心情，为了千山万水的奔赴无怨无悔；或是一眼回眸后的牵绊，扯不断理还乱；或是尘风冽冽，难掩相思重重；或是多少的时光过去，依然热烈热闹地爱着一个人；再或，举起一枚夏日的阳光，被炽烤的热情寸步不离，只为守护一颗初心。

一切，只为相遇，与一朵夏花。

一个故事挨着一个故事，肩并肩行走在光阴中，或三三两两，或成群结队，你且看，真是无关风月，却风月无边。

都是美好惹的祸，惹愁了心事，惹起一世情长。我喜欢用这个"惹"字，带点霸道，也带了撒娇，像一个任性的女子，任性地想要寻得那一份好爱。

多好的句子啊，"时光不老，我们不散。"枝头抱香死，生死都相随。

好吧，推窗，看光阴，看夏花，美好一如旧年。

若那时，手如柴，握不紧一支笔，我也定要拼尽所有气力，把最后一丝花香写给世间，也写给我自己。

庆幸，与那朵夏花相遇。

且以明媚过一生

窗

七大八小养了许多花，循环着开的、常开不败的，还有转瞬即逝的，簇簇拥拥，也热热闹闹。

我家阳台并不大，也仅仅开着一扇窗。如此，这一扇窗就成了所有花儿通向外面世界的唯一通道。每天清晨的第一件事就是打开窗户，让风吹进来，把外面的新鲜空气输送给花儿们，让它们柔柔地沐浴在清新之中。等到阳光缓缓照了进来，花儿们就像慵懒的美人，已梳洗好的妆容在这份惬意中别有一番美丽。

都说温室的花儿是经不得风雨的，可我偏说它们是耐得住寂寞的无冕之王。从一扇窗户中感知着四季的冷暖，从一扇窗户撷取小小的欢悦，没有广袤的原野没有粗犷的风，它们所有的希冀都来自于那一扇小小窗户的供给。即便是如此羸弱，依然不曾停下生命的绽放。

不要说它们四季常青，也不要说它们没有气节，一生都献媚一般地活着，它们只是更隐忍。命运给了它们如此生存的姿态，它们能做的也只是在一隅小小的天地顽强地活下去，活着，就是对生命最好的交代。

窗外的风刺骨一般传了进来，阳光的温度也缓了下来，连空气的味道都干涩起来，这应该是冬天来了，它们也颓废，叶片的色泽暗了下去，花儿迟迟不愿开放，在寒冷中它们一样抱紧自己的身体努力取暖。而当立春的号角一吹响，窗户外面传来了春天的喧嚣，它们的心也活泛了，雀跃了，枝条一个个往外冒，叶子粗而壮，连花儿都意气风发起来，它们的身上好像有了使不完的劲儿。

它们努力感知着外面的世界，在一扇窗户中生老病死。

康乃馨是最喜欢风的，我需要把它放在离窗户最近的地方，还要经常给它的叶片喷水，离开风的它很快就会被不知名的小虫子腐蚀而死。牡丹吊兰是需要阳光的，只有在暖阳中它才是怒放的，玫粉色的小花一朵接着一朵。

即使在最寒冷的冬天，我也不曾忘记开窗，只因为，那些花儿们需要它。

其实，我也需要。

钱钟书先生说过，有了门，我们可以出去，有了窗，我们可以不必出去。

窗，像一双眼睛，让我们看到大自然的美好，也像一座桥，让我们的心通向外面的宽广。

推开窗户，外面的一切扑面而来，流动的人群，以及存在着的万物，人的心也跟着敞亮了。碰巧有一缕微风吹过，整个人瞬间像被打通了七筋八脉一样。

关上窗，所有的世界都与我们无关，虽然暂时可以小清欢，久了，难免生出些许的潺热。更重要的是一个人一旦长久故步自封在一种小天地中，心里的世界也变小了。一个让灵魂拥挤的心房又怎么会有广如天地的快乐呢？

是啊，我们也是需要窗户的，适当让心通通风。

苍耳

我以为自己是一株苍耳，却原来不尽然。生命中，一定，或者至少要为一个人放弃所有，不问前世，不求来生，风雨相随。所有的好，所有的坚持也只是为了那迎风的一瞥。

苍耳是勇敢的，也是卑微的。少时，常见田间地头长满了这种丑陋的植物，叶呈三角状卵形，根茎粗壮，稳稳地立在那里，就算踩上几脚，过一会儿又支棱起了身子，风一吹，抖一抖尘土，又是那么自信。我讨厌它一粒一粒黏在身上，但它从不畏惧别人的厌恶，一味地进行着自己单调的热闹。它愿追随你到天涯海角，它的喜欢从来就是自顾自。追随，是它生命所有的向往，它顽强地活着，只是为了等一个人的到来，然后每一处都会落下它幸福的味道。豪壮地活着，为了一个最简朴的爱。我想，我做不到。即便生于尘埃，依然渴望开出一朵花儿来，在时光缓缓流过的窗前，夜夜枕着一袭清梦，做着自己世界最高傲的王。到底是随了那句话，我们从来没有自己以为的那样深情。如果说等待是一生最初的苍老，而追随则是一种灵魂的依附，是对自尊的放牧。如果那样，我宁愿选择老死在自己的三寸天堂。

一日，无意看到一句话，说阳台养的花儿终究是成不了什么气候。可我见它们依然风姿绰约，分外妖娆。安贫乐道，甘于寂寞，开合之间竟也惊了时光。

养了一盆仙人球，放置的时候有些歪，然而至今也不敢动它分毫，轻轻一触，满手都是刺。与苍耳比较，它更愿意选择守护，与它的土地生死相依。这是孤独的花儿，也是轰烈的存在。选择一种姿态，活着自己的样子，恰是人世中最动人的步伐。我活不成苍耳的野性，却也无意不屑，一辈子的沧海与桑田多的是人生百味，天涯海角的奔赴，是一场湿淋淋的酸涩。山河岁月，一众深情，看苍耳款款走向的清寂，也看苍耳许岁月的如影随形。

看苍耳，再看苍耳，多像一首老词，"非关癖爱轻模样，冷处偏佳。别有根芽，不是人间富贵花。"苍茫人世，各有其美。我活不成苍耳，但我依然愿意喜欢它的素朴，以及顽强。

女人花

真想住在春风里，与光阴来一场天荒地老。

十里春风吹过，一树一树的花便争相着绽放了，或是耀眼，或是恬静，多热闹的春天啊。

春天，笃定是美丽的，开在心里，眼里。

这世间的女人，多像一朵一朵的花儿啊，开成恰好的模样。若逢着几滴晶莹的雨，满满一地，便氤氲成唐诗宋词，整个世界美啊，美到愁人。

樱花的小巧玲珑，桃花的鲜艳妖美，还有玉兰的冰清玉洁，就算在草丛里开出一朵喇叭花，也擎着高傲的身姿。丁香幽幽，梨花簌簌，将光阴染满了沁骨的香。

有女人的世间，多的是妖娆，多的是风情。有女人的世界，便是红炉白雪，红袖添香，说不尽的旖旎。纵然日子平淡如水，一朵美丽的女子便让眉间开满欢喜，衣襟带了香。

女人的一生，是花的一生。落红不是无情物，化作春泥更护花，生生世世缠绕，不死不灭。拈几许古意，蘸几滴水墨，她便是世间最美的丹青。

女人如花，开在江南，就是一朵出尘的莲，开在了北国，便是傲雪的梅。除了风情，便是风骨。

你千万别小看了一朵花的世界，小小的，软软的，却贮藏了千年的风华。提一壶明月，就照到了十里长亭，马蹄声声溅起一路飞扬的尘，谁在身后把岁月写成词，一把一把尽是故事？撑一纸清风，便徘徊在了青砖黛瓦间，悠深悠深的雨巷，那个结着愁怨的她去了哪里？你吹一曲箫吧，大漠狼烟起，烽火连天，岁月豪迈。或者，你可以俯在西厢墙下，聆听一番花影绰绰。

女人，是一道长长的历史，开在岁月的脉络之上，有古的韵，今的雅。有鲜艳，也有苍凉。各色各样，散散碎碎，却让人如醉如痴。

女人还有个好听的名字，叫母亲。

母亲是一朵永生的花，开得慈祥，开得深重。她是孩子永远的守护神，日日落于肩边，夜夜开在枕边。春来秋去，有母亲在的日子都是好时光，都是好模样。

女人以花的姿态入世，开成浮世清欢。

病

说来就来，来势汹汹，这就是病。记忆中，已经好多年不曾高烧，并不是因为体质好，而是有医生曾判断我属于内热型。一直没弄清楚内热究竟算哪回事，不过对于我这种从不会照顾自己的人来说，也就稀里糊涂地过去了。

这次我先是37℃，再是38℃，接着38.8℃。我梦见一张青案，然后一个像蛇一样盘盘绕绕的布袋就放在案前，我站在桌边，影子一般飘飘忽忽，口里喃喃：我是一缕历史的青烟，我要回到历史去。可我始终没有钻到袋子里，或者它更像时光的隧道。那个口子死死扎着，我的热烈的渴求也无法带我找到回去的口子。我说我想回去，人间总是这般苦，这般恼人，心顿感万般绞痛。然后，就是哭，一直哭。突然，我醒了，很清醒的样子。虽然眼角还挂着泪，但已经看清楚眼前实实在在的一切，灯光、窗帘，还有忙来忙去的他。他说，赶紧，我给你擦一擦，物理降温。显然，他很着急。我说我没事，我醒了。我已经记不清是做梦前吃的退烧药还是梦醒后吃的，但他说那个梦是一个界点，之后，烧一点点退了下来。经过好几个小时忽冷忽热地折腾，我还是稳稳睡着了。他，就在床不远的地方守着。

这世间，也只有他的江湖能被我搅得兵荒马乱吧？深情不语，只是脉脉一笑，就把所有的时光装在了心上。

从青春到白发，从那一路的青涩走来，终将读懂了烟火里的故事。三月的青草冒出了尖，它新鲜着世界的一切，风和雨，以及与山川河流都极欲相爱。然而有一天，它累了，它只想伏在大地的胸膛之上，哪怕它已是枯枝干叶，大地依然真情相拥。

不管多么华丽的爱情，发生时，惊天动地也好，山河全醉也罢，如果不用一种朴素的方式来完成，想来，这爱也只会是记忆的门楣上一串漂亮的风铃，偶尔在岁月中"叮叮当当"。一个人，不可能一生只爱一人，然而却需要与一个人天荒地老，需要一种寻常的爱来滋养一辈子。多少人爱慕你年轻的容颜，却有几人愿手捧着你满是皱褶的脸，微笑，一如当年？

很多年后，轻轻回头，恍然才觉，哦，我用尽热情，原来，只为寻你，只为红尘中你紧紧牵着我的手。也终于明白，欢笑时，谁都可以与你分享，而难过时，唯有那一人，默默守护，为你蹙眉，为你焦虑。自然，我们不必大喜过望，也不必泪流满面。那人，早已是我们的宿命。

我读杨绛

浮躁逐渐渗透到了人们的生活中。和盛夏的天气一样，可以把人逼得透不过气来。有时，想过逃离，可逃离之后又何处安魂？昨天有位网友妹妹问我，她说怎么可以改变她有些忧郁的生活现状，转来转去我还是推荐她看书。于我来说，我能想到的也就是用书本来强摁下生命的烦躁，以及浮夸的那些情绪。但我不能自诩自己做得够好，只能与书里的精妙之处会晤，不断做着心灵的洗礼。

自然，看书，便要看好书。我应该感谢这些日子的闲散，才可以有大把的时间自在地看书，我很快读完了杨绛先生的《我们仨》。非常喜欢！喜欢之处不仅仅是她的干练而大气的笔法，更是字里的生活态度。她说她和钱钟书在牛津留学的时候就喜欢一有空余就出去"探险"，所谓探险就是出去散步，但总要走不同的路，以求总有新奇的发现。这个习惯直到老去自然保持。这应该是一个极有生活情趣的人。但更不容忽视的是，她这种生活情趣在生活的各色妆容下都一直存在，无论是他们在国外留学的无忧岁月，还是回国之后的艰辛与困苦之中。留学期间他们开始学着做饭，那种自给自足的乐趣，以及二人的相亲相爱都让人羡慕不已。而回国后钱钟书先生的工作不如意，以及她被迫寄住在父亲家，后来又不得不为有钱人家的女儿做家庭教师。不管是做"灶下婢"，还是"散工"，字里都读不出她的悲愤，更没有多少的抱怨，她的叙述就像一条河，顺着时间的河床就自然而然流淌了过来。她说她们俩在一起的时光总是很快乐的，但在那些岁月，她们俩总是不能在一起。开始是异地工作，再后来又是一系列的颠沛流离。谁能想到这曾是江苏名媛，想到这是名门之后。在生活的残酷面前，一样接受着百般的锤炼。我感受着她的平静，平和，佩服，油然而生。

文中总提到女儿钱瑗像父亲。刚出生，杨绛先生托着她的小手小脚就感觉骨骼结构像父亲，后来她用两个手指夹着翻书，看书的样子也像父亲，连拙脚笨手也像。正如她甘心做丈夫背后的那个女人一样，字里行间总能读出她对丈夫的爱，以及对他的尊重。她口口声声是钟书，这一生她都把她的丈夫放在首要的位置，一切，以他为重。

她是多么睿智的女人啊。回国后，钱钟书先生先是在清华大学任职，后来因为家中父亲强迫，非让去蓝田师院。自然，杨绛先生不同意，但她不会把自己的意见强加于人，她遵守着他们之间的可"各持异议，不必求同"的原则。一个聪明的女人总是懂得理解，然后释怀。

这一家三口的相处可谓其乐融融，温馨和满，可我不得不说这其中，有着杨绛极大的功劳。

幸福，总是掌握在自己手里，懂得经营幸福的人才能牢牢攥紧幸福。

有些人，可同甘，却未必可以共苦。但我分明读到了他们苦涩的岁月，却品不出悲伤的味道。

　　不放大悲伤，待一切微笑从容。我喜欢这样的杨绛先生。她说：一句话，我们是倔强的中国老百姓，不愿做外国人，我们并不敢为自己乐观，可是我们安静地留在上海，等待解放。她还说：我们从来不唱爱国的歌，非但不唱，而且不爱听。但我们不愿逃跑，跑出去做二等公民，仰人鼻息，我们不愿意。不做作，低调，从容，这又是我喜欢她之处上。女子之美，不在外表的华丽，亦不是耀眼的璀璨。如她这般，淡淡地，素素地，却轻易就种在了别人的心里，喜欢不已，也膜拜不止。她还说过，我们夫妇常把日常的感受，当作美酒般浅酌低酌，细细品尝。当生活用来品尝，而不是承受的时候，境界，就大不一样了。

杏花微雨

　　只记得，那是一个杏花微雨的日子。真的美，杏花微雨，风递细香，不防备就爱上了一个人。"微"，多精妙的一个字。微笑、微风、微喜，这微，有薄薄的、细细的感觉，像一片柳叶轻轻飘到了湖中，不动声色的温柔，却让一湖的水都麻酥酥、软绵绵起来。微，常是润物细无声，而又让人欲罢不能。一个低眉的女子，微微闭合着双眼，那样的欲说还休，带着遥远的古意。回眸一笑百媚生，想来就是微笑，笑不露齿，杏眼微睁，转身处，恰就是美好遇着美好，那该是多么让人向往的事情啊。

　　蒙娜丽莎微微一笑，征服了世界，佛祖拈花，也只是微微一笑，征服了众生。古语说花到半开月半圆。微微绽放，好比闺中女子，二八容颜，娇俏可人，羞羞答答，又蠢蠢欲动，直撩得人心也痒痒，意也痒痒。你以为怒放才是美，铺天盖地地开，然后撕心裂肺地落，盛大而寂寥，极度的繁华之后就是死寂的落寞。然而，赴死的决绝，到底是伤神的事情。

　　微，像杯中袅袅娜娜的茶香，轻飘飘，慢悠悠，一丝一毫都钻到了鼻尖、心房，然后是神也清，气也爽。原本，我是喜欢一树繁华，眼花缭乱的美，满世界啊，都是花，都是香，根本不

用斟酒，你就醉得一塌糊涂。在某一个春日的晨，我依然带着久
违的心动去寻找那缤纷的美，可是，来不及长满叶的枝头，几
朵杏花的苞像邻家的小妹与我撞了个满怀，接下来，我就舍不
得挪开视线。清清新新，沁人心脾。潮红的小脸有着不染风尘
的纯粹，偶尔一两瓣已张开，开得那么迷人。迷人啊，真的迷
人。它微微绽放的样子，充满了力量，你仿佛就看到了大片大片
的锦绣，心里全是愉悦，全是欣喜，全是激动。断不会有看到
满树繁华之后那种隐隐的忧伤，总担心下一刻就纷纷落下，碾
作尘。

　　喜欢一个人，也可以微微去喜欢，轻轻地，淡淡地。人常说，
我们这一生总要去认真爱一个人，不问前生，不求来世。对他好，
想着念着，哪怕千愁万苦，就是放不下，忘不了。仿佛爱情的样
子就应该是火一样炽热，纵然蚀骨，飞蛾扑火的决心是我们献向
爱情最美的情书。我们总是会忘记爱别人的时候，留三分，爱自
己。爱得太用力，也爱得太伤悲。爱情的样子也有很多种，有时
候，需要的只是我们微微去喜欢，像手捧着一朵娇艳的玫瑰，轻
轻地俯下身来，嗅一嗅它的香，已是妙不可言。然后的然后，看
它在风中曼妙起舞，把排山倒海一样的情感压了再压，终于没有
摘下它，带回家。想它时，去看看，念它时，细细端详，一生，
它都那么美。

　　现在，我越发喜欢了这个"微"字，就连微苦、微愁都沾了
诗性的美，那细细碎碎的情愫，像春日密匝而柔情的微雨，一点
点敲在心上，有颤巍巍的心动，却并不会伤筋动骨。你听，是不
是像哀怨的二胡，或者是马头琴，低沉，却不颓废。听着听着，
你就想流泪，而这泪，多半是无关风月。若这微雨落在微微绽放

的杏花之上，更是绵软不能了，难怪那女子，只是在一场杏花微雨时，决意把一生狠狠交付。微，小小的，轻轻的，柔柔的，正如此时我这一番微语，说给你们听。

一棵草和一枚茶叶

一棵草遇到一枚茶叶，茶叶说，瞧瞧你，生生世世只能待在这荒野之中，注定是低俗的命，然后露出一脸的鄙夷。草低下了头，浑身上下重新打量自己，除了还算清绿的身子，的确没有什么可以拿得出炫耀的资本。想想茶叶的出身，在平整的田地里，受人呵护长大，精耕细作，百般宠爱。这时的草，比任何时候都要自卑，再看看自己的脚下，乱石堆放，垃圾一片，它甚至觉得老天是相当不公平。它的胸腔中有一股巨大的力量在起作用，像狂风一样汹涌着就要到了眼眶，然后草扭过了头，背对着茶叶。

我要走了。茶叶说。我要去更美好的地方，我的一生注定是被人推崇的，我会穿上华丽的衣裳，我所接触到的全是有身份的高贵人，他们有着与普通人不一样的情致，高雅的情怀，我会走遍全国各地，想想，那是多么幸福的事情啊。这时的茶叶根本没有注意到草的悲伤与羡慕，或者说它根本懒得注意，它已经陶醉在未来的一片锦绣中。茶农抖了抖肩上的背篓，开始继续赶路。他的像船只一样的大脚狠狠踩上了草，然后头也不回地往前走去，茶叶发出了"咯咯"的笑声，草费力地挣扎着，它揉着被踩痛的身子，眼泪像雨水一样落在地上。它想着就这样死去吧，下辈子，也投生做一枚茶叶，它多想也享受一下那种荣耀啊，身为小草的它，从来没有被人正眼瞧过，更别说有人为它施肥浇水。

草好像做了一个梦，大地妈妈轻轻抚摸着它的头，孩子，醒醒，醒醒……草不想醒了，它厌恶自己的一切，它要放弃自己。大地妈妈叫来了阳光，它一遍遍抚摸着草瘦小而虚弱的身子，风也轻轻吹过，治愈它被踩伤的地方。身边的野花散发出清新的香，它们传到了小草的鼻子里，小草狠狠打了一个喷嚏，然后就醒来了。大地妈妈露出了慈祥的笑脸，然后将草揽在怀里，小草慢慢挺起了身子，它又流下了泪，这个世界还是有爱，有温暖的，它没有理由拒绝。

茶叶果如预想的那样，被包装成各种高档的样子，走向全国各地，甚至走向了世界。茶叶很自豪，在拥有这些殊荣的同时，它还被无数的文人墨客推崇成人生之论，用以标杆处世之风，为人大道。茶叶被放进小壶里，然后倒了水，它雀跃地浮出水面，想要更多的人看到它，可是泡茶的人却并不急，只等它累了，被水浸透了身子落入壶底时，才把清清的水倒了出去。就这样，浮与沉成了它一生的两种姿态，它也无奈地习惯了这样默默地被索取，尔后弃之。庄周梦蝶，不知道是庄周变蝶，还是蝶变成了庄周。而茶叶，最后也搞不清楚是自己在教化世人，还是世人教化了它。

茶叶的一生从来不由自己主宰，短暂的耀眼，活在别人的安排与粉饰中。小草常常望着远处的茶园，看它们一年年一茬茬地更换，微微笑了。它开始喜欢自己的样子，无拘无束，天高地阔，随风而舞。它感觉自己活得不够精致，却在粗糙中找到了快乐。它也不再需要别人的青睐，生命是自己的，活给自己看就好！

不如老去

老，是人体最脆弱的一根神经，不敢碰、不想碰，稍一用力就有种痉挛的感觉。谁不爱那一头如瀑青丝，谁又不爱那姣美如花的容颜？谁不愿永远像山一样巍峨，像树一样健壮，谁又不愿即使岁月更迭，自己还是一如当年的意气风发。

我发现自己多了几根白发，前些年也就在额头上有三四根，每次长出来我就恨得牙痒痒，直至除之而后快。可就在今年，突然多了起来，上次拔了八根，昨晚又发现两根。瞧，我对它的数目是如此敏感与在乎，因为它每一次数量的增加就好像一千块石头压在了我的胸口。

我让他帮我拔，他说拔什么拔呢，想不通你为什么总要拔，越拔越要长，临了他还附带了一句，迟早也会白。

我骂他不懂女人，我说就算再长我还要拔，哪怕这是哄骗自己与苍老还没挂上钩。

苍老这回事，是近乎恐怖的，手里捏着那几根白发，想到终有一天它们悄没声息就将满头黑发全部染白，我不禁打了一个寒战。随后一系列可怕的词都出来了。

我承认，我怕老，非常非常怕。然而我又不得不承认我确实是无能为力的，半点都阻碍不了它的兵临城下，甚至把我的世界搞得兵荒马乱。

这个世界，人类能自己做主的又有多少？

公园的杏树结出了花苞，粉嘟嘟的小脸带着淡淡的羞涩，映照出春天的娇媚。虽然是有些迟，可这北国之春到底是来了。就算是短暂的停靠，相信也能在指尖留下一抹醉人的芬芳。

你知道，南国的春天闹闹嚷嚷都快谢幕了，我曾经也站在三月的垄头一遍遍叹气，叹这北国漠漠，春迟迟，叹那久盼不来的妖娆。然而也就是不长的时间，放眼望去，田垄之间绿意悠悠，清新而活泼，再用不了几天，一树一树的花会把个春天喜笑颜开。

想起了席慕蓉的《抉择》，"我俯首感谢所有星球的相助，让我与你相遇与你别离，完成了上帝所作的一首诗，然后再缓缓地老去。"

其实，这世间万物又何曾不是上帝在做的一首诗？

古希腊神话中，黎明女神厄俄斯看上了牧人提托诺斯，她整天陪他嬉戏陪他哭，陪他乐，他深深吸引着这位美丽的女神。后来，女神一想到提托诺斯是肉体凡胎，迟早会死去，看不到他，那心里该多难过啊。她跑到众神之父宙斯面前，祈求他赐心爱的提托诺斯永生不死。长生不死本是神的特权，宙斯不愿将这赐给一个凡人，可经不住黎明女神苦苦哀求，最后，他警告女神，他只能满足她这一个要求，再有什么非分之想决不答应。

厄俄斯是幸福的，她喜欢他的一切，天天听他用洪亮的声音讲述他的羊群、他挤出的羊奶、讲夜里刮起的风。可是有一天，厄俄斯却发现提托诺斯的头发开始脱落，皮肤也有了皱褶，就连她最喜欢看的眼睛也浑浊了，声音不再清脆。她惊恐万分，突然想起那时只求宙斯赐他永生不死，而没说让他长生不老，可是宙斯早已拒绝她的再一次请求，她无能为力了。

提托诺斯开始驼背，萎缩，变得像一个年老的小孩，慢慢又像一个干枯的婴儿，接着他的腿和胳膊变得像线一样细弱，他整个人就这样枯萎下去。

一切，都在按着既定的规律行进，它从来不会因为你的害怕而恩泽半分。

不如老就老去吧，老了的时光定也有一抹夕阳的红照耀着。这样一想，倒也轻松了些许。因为，我不想在年纪尚未老去的时光，把心变得腐朽。

不如老去，不如坦然地活着，随意而从容。

第二卷　一碗日月

除了远方和诗意，

还养着一碗日月

生命里，除了远方和诗意，还养着一碗日月，我愿用一段一段的句子为其擦拭出光亮，用最虔诚的方式安静地守候着。

　　你听吧，这日月里装满了故事，让我一点一点，慢慢，读给你。

　　它们温柔而沧桑，平凡而深沉。

所谓婚姻

　　我又忘了！被岁月漂白的记忆，已经不再深刻地记录着这个日子。午夜12点10分，仿佛被什么猛然挑动着神经，我站起来，然后看了看日历，昨天应该是结婚纪念日啊。已经过去了10分钟，却分明时光已拉出了好远。

　　2001年2月16日，这个日子曾经那么沸腾过，像一朵耀眼的玫瑰开在爱情最显眼的地方。这世间所有的爱情都渴望着天长地久，耳鬓厮磨，能执子之手与之偕老，恰是不辜负了岁月的一场遇见。爱了，就想着一辈子都能在一起，婚姻，便是最好的名义。

　　你知道的，反正你知道，我们都是前世的故人，这一场久别重逢是笃定的。我把一生交给你，你用一座春天开遍美好；你把一颗心给我，我就用所有的时光为你研墨成诗。爱情，总是美的，连想象都美得愁人。也说十里春风不如你；也说奈何桥前打翻一碗孟婆汤；也说书生白狐千年不悔；也说我曾是那佛祖座前一朵青莲，不小心遗失于你的皓腕之下；也说，来生还许你。

　　不知道还有多少深情的辞章可以诠释内心的热烈、澎湃。然而，最终还是慢下来了，淡下来了。再鲜艳的爱情都必须与旷日持久的烟火一同存在，终于，爱情不再是"十指不沾阳春水"，锅碗瓢盆、家长里短把爱情拽到了尘世。终于，你的春天也已开完，势必迎来秋，而我的诗歌已被岁月的风沙迷了情怀，终不够唯美，也缺少几分文艺。我想，再过许多年，我也只能为你把日子写成小说，毫无装饰，深沉而冗长。也曾念念不忘，也曾一日不见如隔三秋，然而在十几年甚至几十年的相守之后，彼此的存在都成了一种自然而然，就好像一枚茶叶泡在水里，不必急切而热情地去注目它的形态，我们明白，很深刻地知道它最终会落下去，落到杯子的最底端。

握别人手的时候，可能会怦然心动，也会紧张，会有复杂的情感，而婚姻中的两个人，平静到只是左手握右手。但是，别人的手不存在就不存在了，可左手和右手一旦哪一天看不到彼此，却会很不习惯，会失落，会难过，更会想念。

我不停地怪怨，又忘了，又忘了。责备他，也是责备自己。他说，不忘，又能做啥。我嘴上说他怎么那么没情调，可自己问了问自己，不忘，我能做什么？除了不断告诉自己，这是个纪念日，意图找到点仪式感之外，我还有什么更需要的？好像没有。也没有太大的兴趣锣鼓喧天地去渲染这个日子，即使他铺十里锦绣，玫瑰满屋，我想我也只会短暂地欢喜若狂，我想到更多的是他又花去了我多少钱。

用一场奢华换来更多的拮据，似乎只适合爱情，而不是婚姻。婚姻，就是简简单单过日子，平平淡淡到老。简而远，淡而真。家长里短，烟熏火燎中，日子就慢慢过老了，婚姻把情爱过到了世俗中去，而世俗的一切原本就是我们平凡人拥有的。

一直很平凡

　　我承认，在过去很长的时间，我是厌恶自己名字的。就算不得已要写给别人，也是刻意将那个"平"字写成"萍"，用以弥补感官上的单调、贫乏。

　　我不知道这是谁给我起的，爷爷？父亲？但这个名字，我还未来得及抗议就和生命紧紧捆绑了，我只能被迫接受。

　　平，一共五笔，简单的两横一竖，简单的两点，就那么自然而简单地搭配在了一起，如同它的读音一般，它是那么平铺直叙。它没有半点掩饰，仿佛一眼就能看穿了所有。

　　现在想来，可能我的平凡是自始至终的，从一出生就如影随形。我的平凡是犄角旮旯的平凡，要不，怎么连名字都这么配合？

　　那个"平"怎么看都有种孤单的感觉，像老家田垄的荒草，无人问津，默然生长。作为地道贫农的后人，无论是没有上过学的爷爷，还是安分度日的父亲，他们的认知不过就是吃饱穿暖，沿袭着老辈人的步子，将日子过下去。所以，我的"平"自然而然不会承载太多的含义，也许只是图个平安，如此朴素，如此直白。

　　我刻意地加上三点水，加上草字头，瞧，有水有草，何其丰满。如同过去很多年我努力想要抖落尽身上的泥巴一样，妄图沾染点城市之气，以为这样就能把人生过得绚烂起来。

但我没有想到，我的身份证上是"平"，就像烙印，怎么掩饰都是徒劳。所有正规场合的签字必须是那个"平"。于是对于很多年后，在转了一个圆圈，城市和乡村之间，从走出来再到走回去时，我并没有感觉到奇怪。

也许，这些年脑海里始终是有一缕炊烟隐隐约约，便是一根牢牢的丝线，牵着、绊着我。

我想，我终究是无法剥离身上的平凡了。

怎么办呢？

生于平凡，就在平凡中感动、感知吧！

与其挤破脑袋般地去遥望高不可及的鲜亮，不如心安理得地耕耘着脚下的土地。平淡了点，倒也不至于平庸。

人生嘛，不必非要刻意追求，一波三折，起伏跌宕，还波澜壮阔似的；也没必要活得像诗歌一般婉转而唯美。有些东西，虽然美妙，但未必是适合自己的。

玛蒂尔德嫁给了一个小职员，可她没有一刻不向往高雅而奢侈的生活，寒碜的屋子，简陋的摆设，以及粗糙的衣料不知给她带来了多少的烦恼。她为她寒酸的生活而自卑，直到后来不愿意再与有钱的女友见面，因为女友会深深刺激到她。

她做梦都渴望跃入上流社会，那简直就是仙境般的生活。以至于为了出席一次盛大的晚会，她花掉了丈夫所有的积蓄做了一件好看的衣服，只为把自己包装得看起来高贵一点。后来为了让她的高雅显得更完美一些，她又同朋友借了一串漂亮的钻石项链。

要不怎么说生活是残忍的，总是和人们开着玩笑。玛蒂尔德怎么也没有想到在回家的路上居然弄丢了借来的项链。从而换来的是她用 10 年的辛苦劳作去为她的虚荣买单。等她以为终于还清了赔偿钻石项链的钱，而被生活折磨得过分沧桑时，却得知她借来的原本是一条并不值钱的假钻石项链。

她自己也想过，如果那晚那串项链没有丢，会是什么样的境况？而我也在想，如果那 10 年用来踏踏实实地生活，安于自己的平凡，她的快乐是不是会很多？

特别喜欢莫泊桑的《项链》，所以，10 多年了仍然记忆犹新。

其实平凡并不丢人，只要你心静如水地正视了这个身份，就会热情澎湃地酿造出许许多多生命的快乐来。

二哥买回去一些桃子，还有一些苹果，母亲说特别好，又大又甜。可她在电话里唠唠叨叨了好几次，怪父亲在二哥走的时候没记起来给我拿几个。尽管我说家里都有，但她还是惦记个没完，说鸡蛋也忘拿了，让我天天早上喝一碗鸡蛋花。反正，每次有人回去，她总感觉东西没有拿够，总是免不了徒增许多遗憾出来。

老家的屋子很老了，算来已经承载了 40 多年的风雨。低矮不必说，陈旧的窗棂坑坑洼洼，满是岁月的抓痕。但每每过大年的时候，院子里张灯结彩，大红的对联贴得红红火火，孩子们嬉戏打闹。那时从心头便生起了无比的温暖来，感觉生活是美的，日子是快乐的，所有的惆怅抵不过这其乐融融。

就在那个简朴的小屋里，时不时飘出饭菜的香，毫不讲究的盆盆碟碟互相撞击，炉子里不时冒出呛人的煤烟味，一家人说说笑笑。院子里的狗走来走去，一群鸡上蹿下跳地争着米粒。一切是杂乱的，却又是温馨的。

我出生在这里，又在这里长大，所谓的企图逃离其实根本不可能。根之所在，一生所依。

其实何需逃离？我已经深深恋上了这平凡中的幸福，已无法不贪恋这平凡日子里的温暖。

那日，家族中的兄弟姐妹纷纷发来红包，说是为我的新书《风吹来的沙》祝贺，因为之前他们背着我已经开过家族会议，统一行动。

那些扑面而来的温暖让我在感动之余，又欣喜着并为能生于这个美满的大家庭而自豪。我们都是一群平凡的人，兄弟几十人相亲相爱，可能源于母亲那一辈的兄弟姐妹本来就亲密无间吧！

亲情如潮，汹涌而来。生命中，美好不过如此！

如此一看，那个"平"也不是很难看了，反觉素简而从容。

女人四十

老家有个女人，给我留的印象特别深刻。她总是人群中最显眼的那个，不同于一般农村妇女的不修边幅，安于现状。

她看起来40岁早出了头，脸像早年我们种的烟叶，经土炉烤过，然后喷水压在地面受潮后的样子，那张开始皱巴的脸总与她的着装打扮格格不入。艳丽的夸张，青春的过分，让我曾一度鄙夷她。

只是她一直很高调，也很自信，近乎旁若无人。农村人结婚早，孩子都20多岁了，到了娶亲的年纪。按常理，她就该稳稳重重持家，烟火清欢。那会儿，在村子里，但凡有那么一点点另类就会成为全村的焦点，被指指点点，说不准还会夸大其词被传得鸡飞狗跳。有多少人败倒在流言蜚语中，又有多少人只能安分守己地过着平凡的日子。

人们没少议论过她。

她的头发变着花样折腾，脸上的粉好像被风一吹就成了老师手里飞舞的粉笔末，高跟鞋，花衣服。当广场舞盛行起来的时候，她把大音响一放，又成了村里跳舞的领军人物，她也的确感染影响了一大群人。

说老实话，我到现在也并不喜欢她，但着实佩服她热情慷慨的生活态度。其实她是一个不错的人，亲切，和气，是那种很容易就能融入陌生环境中的人。

在她的身上，看不到沧桑，看不到愁苦，生活于她来说就是一朵永远盛放的花儿。

40岁，对于女人来说，像是一场生命狂欢后的缓缓暗淡。大多数人习惯了掩藏梦想，随遇而安，在现实中丢盔弃甲。40岁的女人，学会了隐忍，多了宽容。少了热情，多了淡然。像秋天枝头的黄叶，安静中有着淡淡的忧伤。

可她，活着自己的40岁，自顾自地在自己的理念中装点着她的中年时光。

即便容颜老去，依然有一颗生机勃勃的心。这句话送给她，很合适。

我不知道什么时候开始有白头发了，就在额前，最先是两三根，慢慢变成了四五根。眼角也有皱纹了，记忆力开始变弱，稍微多干点活就累，最明显的是根本不能熬夜，过了12点不睡觉就容易失眠，第二天的精神状态差到了极点。

以前母亲常叨叨一句话，说不服老不行啊。原来真的如此，我好像看见母亲前面走，我就在后面紧紧跟着，母亲就是另一时空的我，我情愿或不情愿地复制着她的轨迹。

我一直不能接受自己已一只脚踏入了40岁，这曾经天方夜谭的年龄怎么突然走进了自己的生命？想起渐渐衰老的样子，就有了痛苦的感觉，来自身上，也来自于心。

40岁，像一个生命的界碑，结束了年轻，开始了苍老。

还没完全踏进40岁的门，我就惶恐了，真的。又想起村里那个女人，哪怕是单调地热闹着，她也会把自己唱彻一条街。而我，好像过早地将自己判定进了既定的生命模式中。

人说女人四十豆腐渣，就是不渣，我也提前进入了"渣"的角色。

还好，这样的日子不算太久，不知道在哪一个瞬间，我意外地把自己解放了出来。

读书、写字、养花，得空再到喜欢的地方走走，与自然会晤，与心灵对话。

读书，读别人的故事，感受不一样的经历，让自己学会各样的生活。更值得欣慰的是，读书往往会让一个人的心平静下来，将尘世的喧嚣挡在了书本之外。书会让人看到更深的远方，让人变得豁达、理性、智慧、宽容以及善良，更重要的是读书会让一个人更具备优雅的气质。学无止境，无论哪个年龄段，读书，都是美好的事情。

我是个生活很简单的人，没有多少爱好，空闲时多是捧读喜欢的书，开始是克制自己必须看完一本再买，后来就不行了，但凡陪女儿去书店的时候我就心痒，手也痒。我贪婪着书架上的一切好书，恨不得全收入囊中。

慢慢发现，买书也是一种快乐。每次把新买的书放到书柜时，内心就涌动起一种莫名的情愫，像千万只鸟儿争着唱歌，又好像千万条河流哗啦啦地流着，交汇着，舞动着。

日子千篇一律，每天太阳从东方升起西方落下，花儿总是春天开放，秋天结果。我们如此被动地重复着，毫无反驳的能力。可就是在这枯燥的生活中，我们能做的就是努力找寻希望，有了希望的日子才能有意义。套用一句话，有希望我们往前赶，没希望我们创造希望也要努力往前赶。

将生活写成字，在字里品味生活。于是也成为这一路追赶的行囊。纵然有时无法不泅于眼前的苟且，但一生至少得留几分用来耕种诗和远方。

我开始感觉 40 岁其实也并没有那么可怕，容颜不过是一张迟早都会老去的皮囊，就像花开花落一样是自然规律。而心，完全可以由自己主宰。

40 岁，人到中年，成熟了，稳重了，大气了，内敛了。40 岁的女人可以更优雅，更风韵。

40 岁的女人对人生有了自己独到的见解，也有一套用经验烘焙出来的处世之风。过了"叮叮当当"的年轻岁月，终于那些执拗还有热烈缓了下来，慢了下来，一切透着平静，却有不容置疑的分量。

想起三毛的一句话：我来不及认真地年轻，待明白过来时，只能选择认真地老去。

养花，也是一件修身养性的好事情。很多的精力与心思放在照看花儿上，就懒得理会红尘俗世中的是是非非，不斤斤计较，不闲言碎语。每一朵花儿亦有一种故事，有一番自己的品性。终于有一天你会发现穿梭在这些红花绿叶之中，你也能读懂许多生活的真谛，你会明白好的日子就是各种各样方式互相映衬着，点缀着。

只要是充实的，我们就完全可以坦言这是快乐的生活。

到了 40 岁，其实也是最不易的，上有老，下有小，在四面八方的挤压之下努力地平衡着，有时真的想说很累。特别是在快节奏的生活状态下，不管你有多少烦恼，可你又有多少时间去按部就班或是大刀阔斧地去与它对弈，最后握手言和？

那就与心灵慷慨相拥吧！让它不动声色地与岁月一点点推杯换盏。

女人，在任何时候都没有理由放弃自己，越自信，越美丽；越美丽，越自信。做一个内外兼修的人，岁月总不会辜负你。

不管青春多么美好，到底是过去了，不管我们多么不愿意，可这中年时光正在途经。就这样吧，将步子走得不疾不徐，处处是花香。

真的，我们可以活得很好。

那个被叫作父亲的人

鸥的到来，让他迅速转换了身份。也许他还没有做好准备，或者，以他那样的性格，永远也准备不好。在此之前，他习惯依赖，习惯两耳不闻窗外事，我说他就像个永远长不大的孩子。

一夜之间，身边多出一个闹腾腾的小家伙，张着嘴"哇哇"地乱哭，蹬着两条细瘦的小腿显示着她的不满。然而她并不愿意贴在我的怀里吮吸我的乳汁，宁愿选择喝奶粉。最后我只能自嘲，因为我只是凡夫俗子，而我的鸥，却是来到人间的精灵。

虽说便宜一点的奶粉也有，但我们还是选择了用好一点的，鸥是我们的所有。对于一个普通家庭来说，这样的后果就是他必须要更加努力地挣钱。作为一个父亲，虽然尚且懵懂，但责任却由不得他接不接纳，就自顾自地落在了他的肩上。

初为人父，他只是欣喜，也好奇。他凑到那个小毛头跟前儿，端详好一会儿，就问我，你说咱们的鸥丑不丑？一旁侍候月子的母亲立即回他，不丑，一点儿也不丑，以前的孩子刚生出来疤疤涩涩的，哪有这么光溜儿？他一听，就开心地笑了。

像这世上所有的人一样，他也在顺应着生命的传承，孩子，只是自然而然的产物。虽然也会抱着她，亲她，但他的眼神依然透着青涩而浅淡的光。

鸥很调皮，再大点更甚。每每哭闹或是打破家里东西的时候，他会没好气地骂，为这，我说他对世界上的人都有一副好脾气，唯独对自己的孩子没半点耐性。尽管如此，我若带鸥回娘家几天，等他去接时，鸥看到他就欢喜得不行，扑闪着两个小胳膊，两个小腿一蹬一蹬地想要跳起来。这时他会把鸥紧紧抱在怀里，然后亲她一下，问她有没有想爸爸。

鸥会嫌弃他的胡子，尽管他天天刮，可蹭到脸上还是痒痒的难受，越是这样，他越是要往鸥的脸上凑。鸥用小手拍打他的头，抓他的头发，他却越发笑得开心。等到过百岁儿的时候，他神秘地掏出一个红色的小盒子，是给鸥买的银锁。其实那个时候我也没有想到这些，在我眼中一向木讷、对孩子不上心的他不知道怎么就想到了这些。上面印着一个羊的图案，鸥属羊。

鸥九个月的时候，叫出了第一声爸爸。他有点错愕，又狂喜。仿佛父亲这个身份在那一刻才被名正言顺地贴到了生命上，他再也来不及闪躲甚至逃避，鸥会每天一遍遍地呼唤，唤醒他灵魂深处的父爱。

鸥在一天天长大，他这个父亲也在一天天成长着。

不知道从什么时候开始，他再不会没好气地和鸥说话，而是喜欢凑到她的跟前，想听学校里发生的新鲜事，颇有点没话找话的意思。

每次我外出，都是他给鸥梳辫子，等我回来，她就与我告状，说爸爸梳得又松又不好，听女儿的小嘴不停地控诉，还有她翻起的白眼表示的不满，他反而笑得更开心，好像他在享受着这样一种指责与批判。但如果鸥说他做的米饭炒鸡蛋最好吃时，他会一直盯着女儿，乐得合不拢嘴，问她，爸爸好吧？爸爸好吧？

鸥上二年级的时候，做了一次扁桃体切除手术。手术前，他就背着鸥在大同市的街头走啊走啊，然后带她去吃好吃的，带她去儿童乐园玩，想方设法地满足鸥，如果能上天摘到一颗星星，他也是愿尝试的。

生活，最终都要勇敢扛起。我和他曾经在父母的庇护下，战战兢兢不敢独自飞翔。可现在，他作为父亲，作为一家之主，要带着我们母女面对生活中的种种。他必须硬着头皮往前，他得做我们的支撑、我们的依赖。

他，成了我们的一片天。

他说这一辈子所奋斗的不过全是为了我和鸥，他从一个父亲的孩子变成一个孩子的父亲，他奔波，他努力，他会因为鸥的学习成绩上升而喋喋不休地说个没完，会拉着她一次次量身高，还会摸着她的头发，欢喜地说那是他的大闺女。

时光轻浅，漫过流年的河，那个被叫作父亲的他也渐渐长了皱纹，偶尔翻阅之前的照片，那一脸的青涩还有眼神的迷离都成了年轻的代表。而今他厚实的手掌握住的何止是一把青春年少？有重重的爱。我看到他的眼神中有了依恋，有了慈爱，有了岁月。

鸥，总有一天会长大，飞出我们的天空，但我相信长大了的她会更加怀念小时候的岁月，曾经不以为然的记忆终将会越发深刻地被念起。她不会忘记无数风雨的日子中，是她年轻的父亲接送她上下学，也不会忘记在她害怕的时候也是她的父亲给过她力量，牵着父亲的手，她就不会害怕。

也许，她并不会了解岁月的长河中她的父亲是如何趟着日子一把把地成熟起来的，她也不会懂得一个曾经习惯依赖的人怎么学着扛起一个家，肩负起父亲的责任。在她的眼里，父亲就是父亲，是那个可以遮风挡雨的人。然而，孩子，你不知道，一座山的形成也是要经过日月更替，岁月磨砺。

他没有太多的爱好，闲暇时候就是守着我们。但凡鸥想的，他就尽一切所能。他不太会表达自己的情感，然而轻轻地抚摸以及眼神中流淌出来的那份温暖已经诠释了一个父亲的爱。

他说自从他的父亲去世，他才感觉到自己开始长大了，但这个时候他已经年近 40。就是这样一个习惯在父亲的羽翼下生存的他，却要为另外两个人活成一片天。他从来不会爱得张扬，但我们从不怀疑他是一个慈爱的父亲，他会毫无保留地爱着他的女儿，且愈发浓厚。一生，永不停止。

我深信，那个被叫作父亲的他，定也是鸥生命里最沉甸甸的存在。

十年

见到她时，头顶有了零星的白发，人也胖了不少，印象中的短发梳成了不长的马尾，很随意地扎在脑后。

我预先想象的拥抱在一起，后来并没有出现。当四目相对的时候，有的只是平静、自然。我提了点水果，她从我手里接过一些，然后我说我以为在前面的小区，她说前几天在网上我就告诉你在后面的白皮门，你不记得了。

这是隔了 11 年之后的重逢，没有惊喜，不够波澜壮阔，也没有拘束，一拍即合。那时，我并不感觉我们之间横置了 4000 多个日子，仿佛昨日才刚刚见过。

刚进门，她妈妈就迎了出来，满脸微笑，她说我胖了，似乎也长高了，和那时那个又瘦又小的女子判若两人。

时光到底是不可一世的，它又何曾放过谁？

十年间，我们已是人到中年。

从我进门，她和她的妈妈就一直在忙活，说中午给我包饺子吃。而我因为近段时间腰疼不适，只能躺在沙发上，我并没有任何拘谨与陌生的感觉。

那些看似沉睡的记忆，在随着与她的交谈一点点被唤醒。她对生活的一丝不苟，她说话的方式、口气，以及处世的态度一下子都窜了出来，在我的脑海中蹦来蹦去。

没有各自谈及更多现在的生活，也不用大把大把地诉说离情，我们有那么多的回忆需要一起温习，我们想要彼此在逝去的年华里找寻一点青春的味道。

很多，都记不清了，然后两个人就你一点我一点地拼凑，最后傻笑。感觉这样的时刻像极了秋日的午后，阳光稀稀落落地洒在树枝间，有影子在微微的风里摇动，慵懒而惬意。

她一直想不起当年和谁同桌，我想了半天也是毫无印象。但我的同桌我却记得清，因为我那时总想和他吵架，而并不是传统剧情里的暗生情愫。我还记得前排的海，总是故意拿走我文具盒的东西，然后引得我生气，继而吵吵打打。不知道为什么那个时候那么的好斗，还好胜。

还有某同学，现在混得一般，可为人很好，而某某同学，那个时候真看不出来，现在倒是刮目相看。还有某某某，这些年没少经历风雨，估计故事一大摞了。

用激动、用颤抖着的怀念，我们一起将久远的记忆慢慢拉到面前，然后坐在满堆满堆的故事上面，一点点触摸着光阴的纹路。

又说起那个夜晚，我们三个女孩骑着自行车路过坟地，回到离学校一公里的她家去看门。她说那个时候不知道哪来的胆子，我说一进院子我就把门关上，那叫一个后怕啊。我们都开始笑，是笑青春的无所畏惧，还是激情澎湃？抑或，在笑回忆里那些人？

她妈妈问，那个时候我们家有大门了吗？还是木栅？她记不清了，我也有点模糊，但不管边缘的记忆有多凌乱，或者隐约，我关的是木门，是两扇的样子，还是我亲自反手插上的闩，这一点记忆犹新。

忘了是谁说过，怀念是生命中最无能为力的事情，甚至卑微。但我从没有像那个时刻那样深深感觉到人还是需要怀念的。怀念是心上一首歌，唱着过去，唱向未来，真的是一生一世的事情，陪伴长长久久。

尽管怀念常常让人徒增伤感，可没有怀念的人生，又是多么清寡，而又无味啊！

更让人欣慰的是，有人愿意与你一起怀念，一起捡拾。

十年，不过弹指一挥间，然而足以改变一个人，一些事。时间在生命的河床上湍湍而过，庆幸你我在失散之后重逢，也庆幸你与我还若当年。

在这喧嚣的时间里奔走，能有一份情意始终是干净的，纯粹的，能有一个人可以互相交付心事，纵然不能给你一个怀抱，至少有肩膀盛下你的脆弱，当也算幸福了。

上学时，便与她要好。我是一个存在精神洁癖的人，不轻易接纳别人的情感，也不愿随便靠近谁。正如书中所言，有的人在身边来来回回，却依然激不起内心的欢喜，而有的人哪怕短暂的交集，却要负载起一世的牵挂。其实我们一起读书也不过一年，后来一直来往，直到多年前失散。而直到现在每每说起，她都笑着，奇怪我们两个性格迥然的人怎么就打成了一片？

许是命运的相似，以及那份好强吧？我只能这样解释。

这些年，常常梦里出现，她依然一头短发，军绿色的上衣，抿嘴微笑。醒来，一时的时光错乱，终究压不住心头的失落。在这个并不大的世界，我们各自在自己的轨迹中前行，没隔几重山水，却终不得相见。原来她一直在北京，年年也回老家，而我们却认命地淹没于生活之中，没有很多精力去找寻彼此。

我写过很多字，为她。这些年，甚至这一辈子，我都深深记得，青春的路上，我们结伴同行，而一生的征程，我亦渴望不再分离。我们已近四十，有多少精力与时间去重新经营一份友情？她和我一起在 17 岁的年华歌唱过，一起在长满憧憬的年纪窃窃私语过，在最美好的时光中我们遇见，相守，而此后十年的别离，像微苦的咖啡，加了一勺糖，芳香更醇。

十年间，很多人来过，驻足，但这份同学情却一见如旧，清香扑鼻，一直都是心底最美的情感。

我很欣慰！

十年，我们的生命行囊必将背负更重，生活总会把太多太多的东西强加给我们，我也真的目睹了一些同学的改变。也许生活存在着太多的无奈，我们倒不必过分耿耿于怀他们今天的一切，每个人都有自己的生存方式。

时间是最好的见证者，也是最犀利的裁判师，他总是把最真实的样子赤裸裸地摆放在你的面前。

我们不能再用几个十年去挥霍去失散了，更有很多同学都是 20 年未曾谋面，有时难免唏嘘他们的改变，再过 20 年我们都白了发、弯了腰，不知那时他们会不会遗憾今天呢？

同学情，是生命中最值得珍惜的情意之一；同学，也是你青春最好的纪念。直至今天，介绍同学的时候我仍然愿意坚持这个称呼，就是"同学"，不愿与朋友沾染半点，尽管同学多类似于朋友，然而各自包含的情意是不同的。

这一路上会邂逅很多人，都有可能成为朋友，而同学，错过了，就永远失去了。

午饭后，躺到床上，她就在我的身边，我们依然有说不完的话。如果不是偶尔谈及各自的孩子，似乎忘了我们已是这般年纪。

晚上我说要走，她不愿意。想着再同以前一样，我们将心卧在无边的夜里，看月光透过窗户钻了进来，一起述说着流年似水。

十年，我们已经慢慢变老，而这份情不曾老去，是我最欣慰与欢喜的事情。人生太多无可奈何花落去的凄凉，太多被侵略占领的情感，能守得一份初衷，真好！

临走，她还叮嘱让我下次去一定住一晚，我也答应了，在她回京前一定去！

土炕岁月

　　我是在土炕上出生的，来到人间，是硬实的土炕首先包容了我的无知，也接纳了我的恐惧。

　　土炕，顾名思义就是土坯垒就的炕。炕，一般是北方人用来睡觉的地方。通常是选在向阳的面，在地上先要用土、沙等垫到炕高的一半，然后用土基或是砖垒成一些通道，与烟囱相通，上面再用土基盖上，最后抹一些黄泥和黄沙的混合物，一定要抹得平平整整，待到过了火，炕面不生裂缝，那就是功夫到家了。最后，要在靠着的三面墙边抹缝，抹着一些白灰，糊得死死的，以防虫蚁乱钻，靠着正面地的那一面就镶一块厚厚的、光滑的木头板。当然，高过炕面几厘米最好，这就是炕沿，最好再涂上点油漆，一看起来就喜庆。

　　这就算一个炕的规模基本形成了，自然这炕最离不开的就是火，火来自于灶台，灶台就在炕边靠墙的一角。最后，等烧几天火，彻底干好了的时候，就铺上一些报纸什么的垫底，上面就可以铺席子了，光景好点的人家就是大红的油布，光滑滑，亮堂堂，甚是漂亮。

　　但，这盘炕的活儿说起来简单，虽做起来也不难，倒是做好并非容易的事。盘炕是个技术活，盘好了满炕匀热，盘不好，那烟就会倒着从灶膛出来，而且炕上或许只是炕头一点小小的地方会生热，到了冬天，晚上睡的时候就会感觉到脚冰凉冰凉的。所以小的时候就常听母亲念叨前排住的尹大爷盘的炕好，哪家要盘都请他。父亲也算是大半个好把式吧，我们家里一般都是他自己盘，要是炕因为年久而出烟不顺的时候，也是父亲自己重新捣鼓，土话叫打炕。

不管是打炕还是最初的垒炕，最基本的就是要打一些土基，说白了就是土砖吧，是炕的必备之材。打土基是要先寻一些耐性好的黄泥，然后拌上切碎的麦秸，用水和成稀泥状，最后赤脚上去乱踩，直到它们完全均匀相融。最后，拿来一个木制的模具，把泥用铁锨铲上去，再用泥抹把它抹得平平整整，随之，猛地把模具一抽取，动作一定要快而利落，这样边缘就会保持原来的整齐。小时候，家门前空地上常有一摞摞整齐的晒干后的土基，都是农闲时候打好备用的。

俗话说，一方水土养一方人，黄土什么时候都会成为它的人民生存的养料。

一盘土炕，烘焙出泥土的馨香，更有浓浓的烟火味，灶台的火顺着炕洞袅娜而上，那缕炊烟就是万千游子不息的梦。满满的烟火味，满满的家的味道。

"一头牛，二亩地，老婆孩子热炕头"，这曾经是无数庄户人的梦。一盘炕垒起，家才更像个家，一家人围在一起，孩子闹，老婆笑，窗外的阳光肆意地洒了进来，暖洋洋地映着一张张幸福的脸庞。

炕，更像一个守护神。一把柴火填进灶膛，连同我们的喜怒哀乐一起熬煮着日子，飘起的是阵阵饭香，而那些生命的情绪便一同被掩藏于炕洞之中，顺着轻风扶摇直上，散向了四方。你累了，烦了，那么，请躺在这炕上，它会抚慰你的疲惫，也会承载起你的忧愁。

我依然喜欢炕，尽管许多年沉沦在了柔软的床榻之上，但家乡的土炕总是我念念不忘的温存。我在那里出生，长大，更重要的是在那盘土炕上我能体会到最真实的温暖。

一出生，就习惯了在简陋而硬实的炕上生存，那个时候家里还铺不起油布，一张席片就铺就了一个世界。听母亲常说起我那时小腿肚滚下褥面难免扎一些刺，自然我是记不得。等到大一点，母亲就在窗棂上钉一个钉子，然后把她结婚的红裤带拿出来将我牢牢拴住，我只能在炕沿以里的范围随意爬走，保证不会掉地上。这样她就能放心地去干活，甚至都能跑到地里割一些兔草回来。于是，土炕基本成了我儿时所有的天地。自然免不了摔啊，碰啊，脑袋上少不了瘀青，更少不了大大小小的包。我们这些土炕上长大的孩子，似乎一直在接受着一种最原始的锤打，一直在历练中成长起来。

等到再大些，懂事的时候，母亲常常呵斥要让我们盘好腿，坐得笔正。谁要是把一只手托炕上吃饭，或者把腿反放，她就会打你一下，然后说，到了别人家也这样人家会笑话你没家教，不像样。我知道，她也是这样被姥姥从小训导出来，如同老祖宗的"字正腔圆"一般，坐出的是姿势，是规矩，也是骨气。

我喜欢炕，更源于可以撒了欢地打滚，也可以和哥哥们扭作一团，在炕上随意闹腾。母亲从外面买回点好吃的，往炕上一撒，我们就一起爬到跟前哄抢，母亲和父亲常常被我们逗笑。等到做好饭的时候，大盘小碟一齐端到炕上，一家人围成一圈，说说东家长，也聊聊西家短。亲情是如此浓，兄弟的亲密无间，亲人间的相依相偎都是土炕上最美的景致。夕阳西下时，结束了一天的喧嚣，倦鸟归巢，人归家。月光透过窗棂照了进来，也把一家人坐在炕上你一句，我一句地看电视的影子映出窗外，影影绰绰，忽明忽暗。此情悠悠，暖意融融。

最让人难忘的，要数夜晚的土炕，一家人并排着睡在炕上，母亲左一个右一个为我们披被角，要是谁的腿乱蹬压住了别人，父亲就用力推开，然后扶正，继续睡觉。天亮了，父母早开始了一天的劳作，我们就喜欢赖着不起，公鸡一遍遍打鸣，阳光透过窗棂射进来的光照在被子上，再照到脸上，但我们依然眷恋炕上的温度，以及它带来的那种踏实。

夏天的炕，生火少，睡上去凉凉的。而冬天，就要用一把把的柴火烧得暖暖和和，一进家，先把鞋脱了跳上炕，再寒冷也很快被焐热，暖乎乎的炕头一向是我的最爱。冬天，一个热炕头，一盅烧酒就是庄稼汉子最真的快乐。而女人们，就是一堆堆的针线活儿缝补着日子的琐琐碎碎，炕边一只小猫腻来腻去，它也不愿到严寒中去捕捞猎物，想在热炕上温存。如果有邻居来串门儿，很多人聚在一起，坐在宽宽的炕上，烟雾缭绕，或是笑声朗朗。

某一次，我看到了这样一条资讯，说土炕除了保暖的用处外，还可以用来治疗风湿病，还对驼背的矫正有奇效。当即我笑了，土炕的坚硬，或如人生的磨砺，它还能让你端端正正。

土炕，更是聚拢了黄土地的精华，小时候肚子一疼，父亲就让我爬到炕头烙一烙，果然不一会儿，一股暖流就周身窜了开来，肚子的寒气神奇地被驱散。腰酸背疼时，更要躺一躺，让暖暖的炕熨帖着疲累，也熨去病痛。

　　一把碎草，或是烂柴就能燃起一个家的温度，一盘炕，简陋而粗糙，却坦坦荡荡。这种朴素的温暖，时至而今却是我最珍贵的记忆，是生命中最纯真、醇厚的财富。虽然是一盘土炕，一个黄土的产物，却凝聚着劳动人民的智慧，承载着劳动人民最简单的向往。

地皮菜

地皮菜有很多名字，如地耳、地衣、地木耳、地皮菌、雷公菌、地软儿、地瓜皮，暗黑色，薄而卷，柔而滑。它只有在阴雨天才会出现，像个娇羞的小娘子，太阳一出来，就紧紧蜷缩着身子躲了草丛中再看不到。

地皮菜生在山野荒坡、乱石杂草中，自生自灭，可以说它是十足的野味。小时候，我并不爱吃，但我爱捡。雨一停，母亲就欣喜地说，快拿上一个盆，上山去捡地皮菜啊。我和哥哥们就套些厚衣服，拿个塑料袋，或者干脆端个盆。因为我们家就紧邻龙首山，可谓"近水楼台先得月"，捡地皮菜方便多了，还没等上了山顶，半坡上就躺满了大大小小的地皮菜，刚开始确实有点猴子掰玉米的样子，目不暇接，然后绕着圈圈专挑大的捡，根本不把那些碎小的放在眼里。有的时候着急，天阴得黑黑的，看样子，那雨还有卷土重来的意思，所以把草叶、泥土一把就抓了起来，等拿回家母亲清洗的时候就十分费事了。

地皮菜生于泥土之中，自然需要无数次的冲洗，而且还不能用力，它薄薄的身子，一副弱不禁风的样子，稍一用力就能让它粉身碎骨。慢慢把泥土淘尽，再一根根把柴叶挑尽，这时候，这地皮菜也光亮亮、滑溜溜的，着实让人有了食欲。

母亲最拿手的就是地皮菜烩丝丝，这丝丝，也就是土豆丝。把土豆擦成丝，锅里倒上点素油，再把调料放上，切点葱花，夹点酱，再放辣椒，炝到一定火候就倒水，水开了把土豆丝淘进去，上面放地皮菜，然后再放上盐，盖上锅盖等水大开之后，把菜翻一下个儿，再稍稍滚一会儿就好了。素油就是自己种的油菜籽，打下来在油坊榨成的油，酱也是自家酿的，可以说这是既省钱又美味的一道好菜。

小的时候，家里条件并不好，没有更多的资本去研究更多的花样，能在下雨的时候捡上一盆地皮菜也算是改善了生活，自然不敢奢望太多了。那时，我嫌它的泥味太重，所以近乎拒绝去吃。人是很奇怪的物种，有些习惯并不遵从你的意愿，而是悄无声息就把你改变了。现在，我竟然爱上了吃地皮菜，而且深爱，所深爱的居然还是那股泥土味。条件好了，自然想着花样翻新，地皮菜炒鸡蛋、地皮菜包子等等都是让人唇齿留香的美味，但我最钟情的还是母亲传下来的地皮菜烩丝丝，不同的是用羊油炝锅味道更美。

母亲常说，年轻的时候就吃那烩丝丝吃多了，胃不好，那个时候穷啊，没有更多好吃的。现在，我自然不必为生活所迫，但不知道为什么，依然念念不忘她的地皮菜烩丝丝，简单、纯粹却清香无比，带着泥土的味道，也带着满满生活的烟火清欢。

曾经不以为然的东西，现在却成了舌尖的诱惑，但相同的是地皮菜一直扮演着改善生活的角色，小时候改善粗茶淡饭，现在改善锦衣玉食。如今很多的人吃腻了山珍海味，想着找找农家饭的味儿，如果能去野外亲自采摘一番更是情趣无限。

豆腐脑小记

爹在天还黑悄悄的时候就走了，从南房背了半袋豆子去村西的豆腐坊。我睡觉还算灵醒，只不过眼睛闭着，继续装睡。爹下炕走的时候，妈就吩咐了两三回，记得端点豆腐脑啊，一出来就给咱热乎乎端回来。爹应着，知道了，知道了。

每年冬天，新豆子打下来，爹都要做两三锅豆腐，一半放在瓷瓮里用现接的凉水泡上，一半，在夜里放到院子冻着，冻豆腐烩在肉里那才叫一个香。辛苦了大半年的庄稼人到了冬天可是要尽情享受了。

磨豆腐必然会喝豆腐脑，大老远，那一股子浓郁的豆味就扑鼻而来，占据了味觉系统。因为每次磨豆腐基本都是爹在凌晨三四点就去排队了，所以我一次也没有认真观摩过，但我知道豆腐脑一端回来，豆腐也就快做成了。爹端回豆腐脑的时候，我还没有起来。爹放点盐，倒点醋，再滴点儿油花，妈和二哥就一碗一碗地喝了起来，我不喜欢，我嫌它的豆味儿太重。妈说这可是好东西啊，真材实料的，有营养呢，后来，我经不得他们这样反复诱惑，也就勉强喝了一口。结果我还是皱起了眉头，看起来软溜溜、滑腻腻的豆腐脑入口却有一种微微的糙涩，余味之中还夹带着一点苦，我实在喝不下去了。那个时候，我们就叫喝，而不是吃，因为它没有再加工，类同于豆腐花，没有现在饭店卖的那种凝固。妈会说，今天的浆点老了，有点苦。但丝毫没有影响他们的食欲，他们喜欢的正是那一股子原始的纯正的豆子味。

看豆腐脑的颜色，似乎还带着尚未褪尽的豆皮的遗色，不够清澈，也不够白净，然而它是豆中的精华这是事实。都说豆腐脑是天津的风味小吃，殊不知，在我们那儿，我也是看着大人们吃豆腐脑长大的，人们稀罕着那一道味，那些排队磨豆腐的人，在豆腐脑一出来的时候，就一勺一勺舀着烫着嘴就喝下去了。现在，村子里的豆腐坊很少再做豆腐，不知不觉就和那些老房子一起变老了，有气无力的，自然，人们对于豆腐脑的那种急切与喜欢，也渐渐淡了下去，已经有更多的吃食丰富了人们的饭桌，取代了它的地位。可能隔得实在是有些久了，记忆中的那些情景影影绰绰，时常就辨不清是梦还是现实了。算算，十多年没闻到那股子豆味儿了。

倒是进了城里，开始慢慢喜欢吃豆腐脑了，原因是早点铺卖的豆腐脑更细滑，更爽口，而且配以卤汁，如同锦上添花。一个小碗盛着，白白滑滑的，一看就有食欲。可是，人是多么奇怪的物种啊，当一大摞时光重重叠叠到了今天，以为一辈子都不会留恋的东西却突然像冲破河堤的水流一样，直泻而下，我竟然让心有了一种深深的怀念。还是那股子浓郁的豆子味，还是那未褪尽的豆色，居然没被时光重复，而是不经意冒出了头角。

看着面前经过深加工的豆腐脑，记忆被毫无预兆地弹回到了儿时。大清早，爹一撩门帘，然后一缕浓浓的豆味儿就蹿到了鼻间，他戴着大棉帽，手上套着厚笨的棉手套，眼看着，盆里的热气就弱了下来，他催促我们快点起，快点喝。我用小勺把卤汁和筋颤颤的豆腐脑慢慢拌均匀，又倒了醋，卤汁是怎么制成的我不知道，但这么讲究的吃法与记忆的样子可谓天壤之别。我该用一个什么比喻来形容它们呢？是山鸡变凤凰？还是同出一宗的两个亲兄弟，一个乡间布衣，默默无闻；一个华贵典雅，光宗耀祖？不，好像都不太妥。然而它们的确是都叫豆腐脑，是豆中的精华。

《故都食物百咏》中称："豆腐新鲜卤汁肥，一瓯隽味趁朝晖。分明细嫩真同脑，食罢居然鼓腹旧。"光看这诗句就让人垂涎三尺了，不得不说，这加工后的豆腐脑更香，更容易被人接受。

我喜欢吃现在的豆腐脑，但相对来说却越发怀念记忆中的那缕味道，糙是糙了些，但那味道纯粹。

高建群先生有一段话，他说：如今我们这软绵绵的秦腔，少了那种原始的粗糙，少了那种赤裸裸的感情的宣泄，少了那种"大江东去"式的豪唱，已经被世俗化和媚俗化，已经被现代气氛荼毒得面目全非。

不知豆腐脑和秦腔之间是否有着某种雷同的境遇？行文至此，对于记忆中那一缕原始的味道，我也不明白自己是一种对朴素本真的怀念，还是一个步入中年的有着固执的乡愁情结的人，对于儿时生活深切的缅怀，然而那个时候一盘大大的火炕，一家人睡在一起，你挨着我，我贴着你，兄弟姐妹紧紧围绕着爹妈，都是一条心，真的好！一家人围在一起喝豆腐脑，很温馨。我想，现在再喝一碗豆腐坊现磨出来的豆腐脑还是会有一种淡淡的苦涩，但我一定不会再皱眉头，而是用这几十年在岁月中磨砺过的一颗心平静地品尝那股子深沉的味道。

岁月等不到白头

这是一个真实的故事。她26岁，他25岁，刚结婚不久就发现她得了癌症。然后是她要不停地接受治疗，以及他渐渐的冷漠和疏远。

如果不是生病，此时，他们的爱情之花应该是盛放得最璀璨的时候，新婚燕尔，卿卿我我，你侬我侬。只是，天公不作美，所谓的耳鬓厮磨不过是短短一瞬间的梦，惊醒处，一地怅然。

电视上的一档节目展现了这个故事，我也一字不落地听完了她的讲述。她已瘦得只剩皮包骨头，节目期间几次喊停，她是生命进入倒计时的人，医生已经宣告她只有三个月的时间。看得出她是在与生命做着赛跑，她努力想在人间留下一点自己的样子。

她说，刚开始查出癌症的时候，药物控制得好，一切也不影响生活，她就忽略了生病的事情，以至竟然怀孕了。她多方咨询过肿瘤不会传染遗传，也经过强烈的思想斗争，后来为了生下这个孩子，不得不终止治疗，到了七个月的时候，她的生命受到严重威胁而又不得不引产。

世人总说，若一个女人愿意为一个男人生孩子，可以笃定她是爱他的。更何况，这个故事里的她，是以命换命。

谈起他，她的眼角有泪，口气平和，却难掩无奈与悲凉。她说，他们曾经过了一段最美好的日子，一起约好不离不弃，用50年的时光来见证爱情。但她现在只觉得对不起他，不知道是不是还能一如从前，很多时候，她感觉他的脸是熟悉而陌生的，他越发沉默寡言。她最喜欢他给的公主抱，结婚那天，他从婚车上抱下她，一直抱到红红的地毯上……那是无比甜蜜的时光。说到此处，她的眼神闪烁起明亮而幸福的光芒。而第二次抱的时候，是她上一次出院回家，他从一楼抱上六楼，只是那时再不敢看他的脸，她怕有厌恶，有嫌弃，有忧伤。

现在让她念念不忘的，便是再得到一次公主抱，那样就死而无憾了。

结婚照上的她，阳光、明媚、白皙，虽然算不上国色天香，可也清新漂亮，圆润的脸上洋溢的全是快乐。

只不过，那已经属于曾经，她平时都是母亲在照顾。

爱情，是奢侈的，也是娇气的。我们穷其一生追寻的爱情有的时候根本经不得几番岁月的颠簸。

仅仅是三四年的光景，她的爱情便从天堂走向地狱，来不及等到白头，岁月便负了深情。我们无法去判定他的对与错，站在他的角度去处理，似乎也是无奈中的抉择。只不过没有了爱情的她，就像没有土壤的鲜花一样，萎谢得更快。

她给他们两个月大的女儿起名字时，里面包含他的姓，也包含了她的姓。情到浓时，方成痴，纵是一个人的天荒地老，也要微笑着走完。她留恋这尘世，犹如留恋着那段曾经的爱情一样，难舍，难舍，都是难舍。

她拼命为他生下的孩子，或许就是她留给他的长长的爱。

爱情，到底是美的，就算只余下一口气，能抓紧的时候也要拼命抓紧。这句话是谁说的，我已记不清，可这就是爱情啊，是几千年来，无数人虔诚的信仰。

爱情最是让人欲罢不能，恰如披一身月光入诗，满眼都会是好样子。苦也不管，疼也不顾，只是要爱，要爱，一定要爱。

常常想起若寒，她是我的好姐妹，也是一个爱情的傻瓜。

若寒离开的时候，天上的云黑压压的，不一会儿就下起了雨，我说老天都被你感动了。她说，我只能离开，因为不舍。

我知道，如果她不离开，一辈子都会是那个人感情的俘虏，他就是一个强大的磁场，她根本无法抗拒。

若寒像个高傲的公主，有一套自己既定的人生观和价值观，可她万万没有想到自从遇到那个叫安的男人，就让她抛弃了自己所有的坚持。

他的帅气、他的善良，以及他的霸道小气都让她喜欢不已。她也享受着他的嘘寒问暖，他的一句"一日不见如隔三秋"一度让她陶醉得一塌糊涂。她想，这就是爱情，是她想要的，她想和他天长地久。

思切切，爱重重，"风也萧萧，雨也萧萧，瘦尽灯花又一宵。"每天夜里，她都会醒来好几次，然后翻看一下手机，看是否有安发来的短信，真的恨不能相守朝朝与暮暮。他的一举一动都牵动她的神经，而她也是他的女神，是这个世界最纯洁与完美的女神。

世间最好的爱情，莫过于你爱我时，恰好，我也爱着你。

若寒常说，刚开始他追我的时候并不觉得多好，可等爱上他时，怎么感觉任何男人都不及他？我知道，那个时候，安是费了好大劲才俘获了她的芳心。

可能爱情最美的，就是这种初来时的汹涌澎湃吧，它一下子就占满了人的心，所以即便后来再发生什么，都再不能撼动先入为主的那些过分的甜蜜。

安说，你的心，只需给我一个栖身的地方就可以了。他还说，以后，我不会让你再难过再落泪。他的手机、电脑里都是若寒的照片。安喜欢在别人面前挽紧若寒，恨不得向全世界宣布这个女人是他的。

后来若寒常与我说起，她也能感觉到安是真的爱她，只是他更像一个没有长大的大男孩，不懂得如何去爱一个人，也并不知道女人真正需要什么，有的时候明明她是撒娇，故意逗他，他却当了真，战战兢兢，不知所措。

若寒告诉他，有的时候只需要一个微笑，一个拥抱就能轻易化解眼前的兵荒马乱，但他倔起来不依不饶，有一套自己固执的理论。

他的爱，常常让她没有安全感。

他不喜欢她和别的男人有接触。爱情如此小气，不过，如此小气的爱一样也发生在若寒的身上，他们把彼此当成了世界的仅有，恨不得刻到心里，别在胸前。

只能说，那时，都年轻。年轻的爱情总是像要引发山河动荡，山崩地裂一般，总是以为极致就是最好，拼尽全力地去追求心里的伊甸园。

爱，像暖暖的阳光，可以催开万紫千红，却也可以像烈火，灼得人体无完肤。

吵得最凶的一次是安要和她分手，若寒怎么也不敢相信前一刻还温柔深情的安怎么一下子变得狰狞起来？他的话一句句像刀子一样，可她认为事情的本事并不是她的错，因为别人的嫉妒与排挤，他俩都成了被算计的对象。她不明白为什么那么美的爱情经不起生活的考验，轻易就要放开彼此的手。

痛苦、难过都化作无声的眼泪，她记得安说过一定会好好疼她，可她分明把满满的心全给了他，她为他流的泪也最多。

没过几天，雅安地震，安要去救援，走的时候只给她留了言。

如果说之前还有抱怨与委屈，那么因为他的离去，因为他的勇敢和身处的危险，一切都不算事了，若寒每天都关注新闻，给他发短信，希望时时刻刻都知道他是安全的。原本决绝的他偶尔也会发几张灾区的图片，还有他们在老乡家吃咸菜馒头的照片，那时，若寒就知道安心里其实还有她，而那些无疑又成了她放大的快乐。

安回来了，告诉若寒："我平安归来，因为有你。"只此一句，便如阳春三月，心上的寒凉瞬间化为乌有。

要不，怎么说爱情像毒药呢？重要的是喝的人往往心甘情愿。他们之间磕磕绊绊好几年，我看到若寒常常很心疼，她把自己身上的刺一点点拔去，然后流血，结疤。我说你真成了张爱玲笔下那朵花儿了，在尘埃里费力地开放，但就是不知道你这花儿能开多久。

她笑笑，说就是离不开他。

再后来，自然是彼此不堪重负，筋疲力尽。

我想，他们并不是不爱，只不过那时年轻，爱得太用力，也爱得太执拗。

当若寒选择离开这座城市的时候，我就知道她不会再回头了，爱到不能爱，其实也是很悲凉的一件事情。

走的时候，安说，这一生你都将是我的骄傲，你是我一生最爱的人。这句话若寒并不想放在岁月中去见证，她宁愿相信这是一封永不褪色的情书。她就带着这份美好踏入未来，她将这些存放在了心里，让其沉淀，发酵。

有些人，或者想念比相爱更适合。

一晃，好几年过去了，她有了自己的家，他也有了自己新的爱情，但若寒有时会欲言又止，远在另一个城市的她其实还是想打听一下安。电话中无法看到她的表情，然而她有意无意地提起安，让我明白她终究忘不了他。前日，大清早她就打来电话，口气有些激动。我梦见安了，梦见安了，很清晰，他还和我说了话，后来我们互加了微信，他还给我留了言，他叫我老婆，老婆……

荼蘼，一个忧伤的词，带着颓废的色调。荼蘼花事了，一切，就该是结束了。

不知道如今的安还会不会偶尔想起若寒，但我深信相爱的时候都很爱，而世间爱情也并不会因为你的相爱就真的可以相濡以沫。爱情像一个神奇的魔法宝盒，里面藏着多少的花样你永远无法参透，一千个人就会有一千种爱情的妆容。

从古至今，凄美的、哀婉的爱情像天空的繁星一般数都数不过来，可完美的爱情又有多少？"但愿人长久，千里共婵娟""落红不是无情物，化作春泥更护花"等等，笔端诉不尽的情与爱。

难求，才愈发渴求。

那么，珍惜相互拥有的时光吧！能牵手的时候请别只是肩并肩，能拥抱的时候，就别只是手牵手。因为很多爱情，岁月等不到白头。

等不到白头啊！

不忘初心继续前行

我们已经走得太远，以至于我们忘了为什么而出发。这是著名诗人纪伯伦说过的话。

一些东西在经过时间的篡改之后，很容易面目全非，就连一句话都无法幸免，你信吗？

情呢？在无数次光阴的辗转过后，还会是最初的模样吗？

"人生若只如初见，何事秋风悲画扇。"看来有些东西无须刻意去求证，岁月的窗棂早已挂满了类似的情节，轻轻一摇，就会落下满地。

不然，纳兰不会在三百多年前就开始唏嘘，而如今亦不会有无数的人争相吟诵。我们集体在别人的情绪里捕捉着雷同的影子，如幻，似真。

这世间，有多少东西是可以牢牢守护住的？

小的时候，我不止一次许过愿，希望长大以后用尽全部的力量去孝敬父母。相信很多的人都是这样，包括与我们一奶同胞的兄弟姐妹，一直认为会是永远的亲密无间。

电视开着，节目里播着兄妹六人在唇枪舌剑，究其原因，为了地，为了钱。一边坐着的80岁的老母亲眼神迷离，一会儿看看儿子，一会儿看看女儿。

年幼时，都紧紧围绕在父母身边，这个世界上所有的欢喜都发生在那个圈子里，在此之外的所有被隔得很远。兄弟姐妹可以打闹，却过不了半天又嘻哈一堆。会互相分享仅有的美食，会一个被窝翻来踢去，也会衣服、书包分不清你我地混用。

最亲的，就是这些亲人了。

想必那时定想过一起闯天下，一起幸福，一起分享这世界所有的美好，唯有这情才是生命之重。

只不过连自己都不曾明白，到了后来怎么就斤斤计较起来？就算是一句话也会放在心里耿耿于怀好久，一件事情让心翻来覆去不痛快。情，显得惨淡了起来。

从幼时到长大的岁月，横置的似乎不单单是光阴。

兄弟姐妹各有说辞，眼睛死死盯着的不是手足之情，也不是父母之恩，为了一些荒谬的，难以启齿的物质分配，让兄弟间大打出手，甚至与父母反目。

怎么下得去手呢？

我很清楚地记得小时候特别黏人，母亲就会说，到大了嫁人的时候也把我带上吧。我说好啊好啊。而今我又是这样调侃自己的女儿，女儿也是一脸高兴。那时，我们那般贪恋着父母，可为什么当他们将我们辛苦养大，羽翼丰满，送向蓝天的时候，我们却变了呢？

当初干净的念想，是因为走得太远了，所以忘记了吗？

我最近也在为一个问题所困扰。而这问题并不是百思不得其解，但却让人左顾右盼，难以释怀。

那天去书店与老板商谈新书《风吹来的沙》的上架事宜，他不止一次问我为什么不写点迎合市场的题材，普通文学类的书就挣不了钱，挣不了钱又何必出书？他还说，与其写书，不如当老师去挣钱。我自认平时能言善辩，但当时我竟干瞪眼说不出话来。

我真的不知道如何回答。难道要我说我是个字痴？就为写，不在乎喝彩与掌声？还是要我说我出书就是为了告慰自己的执着？再或者，我可以大声告诉他，我只写我喜欢的，不为迎合而写？

迎合，真的是我执笔的初衷吗？

很明显，它不是！

有人说，对事情的散淡以及对荣誉的藐视，会导致生命的失败。

可是，人生有些东西可以忘记，有些东西，又怎么可以忘记？

要不忘初心地继续前行。

你的微笑

他正专心地开着车，目不转睛地盯着前方，此时的阳光暖暖的，很好。

我端详着他的脸，突然就问了一句：你当初为什么要娶我呢？他没有及时回答，双手还在来回转动着方向盘，小心地穿梭在车流中。其实答案我早心知肚明，而且连他回答时候的表情我都能想象到。此一刻，可能是对倏然忆起的往事的一种总结，或者，无意勾起了小女人的那点虚荣心，我希望用他的语言来做最好的佐证。果然，过了一小会儿，他嘴角微微上扬，然后，眼睛稍稍眯了一下，说道：喜欢嘛，就是看着喜欢，所以就想娶了。

其实，他微笑的样子特别好看，浅浅的小酒窝似有若无，轮廓分明的脸上还隐隐带出几分孩子气，而他粗黑的眉毛以及炯然有神的双眼，构成了一张帅气的脸。他的笑，很干净，也很纯粹。

这个问题我问了好多次，这个答案也重复了许多年。

我与他从认识到结婚，算一算，也就一个多月的时间，搁到现在应该算是闪婚吧？于万千人之中，于时间无垠的旷野，仅仅凭着一次眼神的对碰，就将彼此交付，不得不说那是一次豪赌。也是因为那个时候母亲急，我的婚事成了她最大的心病，眼看着二十五六了，一个女子最好的年华就要过去，她生怕好的男孩都被人抢了去。

　　我不知道母亲将线抛得有多远，有多宽，他，就是一个基本不来往的亲戚受母亲之托介绍给我的。刚过完年，我上班没几天，二哥就打电话让我中午回家，说下午相亲。母亲的命令我是从来不敢违抗的，匆匆请了假，坐上公共汽车就往村子赶。听老辈人说下午相亲多半不会成功，故而对于那一次的相亲并不抱多大的希望，加之，下午飘飘扬扬竟下了雪。正当我们议论他定会受天气之阻而放弃之时，哪知随着大门"咯吱"一声打开，他和亲戚的儿子一前一后就走了进来。

　　少女的羞涩让我不敢正视，但依然还是偷着用眼角的余光快速将他扫视了一番。母亲和父亲不停地盘问，他坐在炕沿边儿上，安静而从容。看得出，母亲很中意，这是她少有的态度。于我，可能源于天性的敏感以及精神世界的脆弱，一直想要找寻一份稳稳的幸福。未来的他，可以没有钱，没有房子，但一定要有一双宽宽的肩膀，可以流泪的时候借我依靠，一双大大的手，可以握紧我，告诉我前方再远都不要害怕，而且，他定是温文尔雅的样子。

　　喜欢他，没有太多理由。恰如他那时喜欢我，也只是喜欢了我说话的样子。

　　简简单单的喜欢，我们就走到了一起，两个人构建起了一个家，为了人生的路上不孤单。

　　喜欢，是最初的心动，往往要用一生去践行。

　　因为双方都中意，又为了赶在农忙之前把事办完，很快家长们见面之后便定下了结婚的日子。而我记得最深的是他的父亲因为聘礼问题，私下问他，你真的决定了吗？你要想好。他很坚决地告诉父亲，他愿意，再多的聘礼也要娶。我一直不知道是什么样的喜欢让他有如此的意念，在短短的相识之后便要押上一生作为赌注，但我心甘情愿用一生的陪伴来见证这份初心的执着。

他学校毕业之后无法分配，只能陪父母侍弄农田，而作为新婚妻子的我没有任何犹豫地辞去了工作，安心陪他在老家过日子。如果说我们天性就是安于现状，甘心把命运与土地紧紧锁在一起的人，那时的时光也算是安然静好。偏偏，仗着自己肚子里有那么点知识，仗着年轻，就把流浪当作风骨。

2002 年，他在北京找了一份工作，对于大城市快节奏的生活自然有些不适应。他说每天早上就是一个煎饼一杯豆浆，但从来都是边走边吃，最难捱的就是在街上老找不到厕所，工作的压力也是不言而喻。我知道，那不是他喜欢的工作，也不是他愿意的生活，但他愿意坚持，不想让我失望。2003 年，我决定带着肚子里的孩子去陪他，想着只要彼此在一起，就算日子再苦，心也该是甜的。他提前租了一个小房子，我去的时候，被子、餐具都安排好了，在中关村那里，我记得好像是一个长长的、很大的院子，里面住了十几户人家，全国各地的口音都有，房东是个六七十岁的小老太太。

离开故乡，一直习惯了被父母庇护的我们，不知道是不是开始长大了，但那种漂泊的、不安全的感觉没有一天停止过。我也想找份工作，然一直未能如愿，加上后来妊娠反应越来越严重，每天除了给他做饭，等他回家，就是躺在那个阴暗的屋子里睡觉。我不能吃饭，不能闻到油味，强烈的恶心的感觉和那段漂泊的日子，在记忆深处勾兑成了浓郁的灰色。

我甚至忘记了那个时候他一个月可以挣多少钱，但除了昂贵的房租我们也只够生活。日子是清贫的，但那时候爱情是可以抵挡一切的，仿佛两个人在一起什么都不算个事儿。每天晚上他下班回家，世界一下子就暖了起来，亮了起来，蓬蓬勃勃，生机盎然，我跟他说怀孕反应越来越重，怀孩子太辛苦了，他心疼的目光投递过来，心里就漾起了幸福的感觉。

我不知道如果那个时候没有"非典"的肆虐，而今我们会不会依然是北京街头匆匆行走的一员，会不会已经在那座城市艰难地扎下了根？但生活没有那么多的如果，它一直自顾自地往前。因为"非典"，我们草草结束了那场流浪，不得不将好不容易建立起的生活模式打破。走到街上，到处是捂得严严的大口罩，北京笼罩在一片恐怖之中。

逃离，在一个月黑风高的夜晚，我们随同几个一起的亲友用高昂的租金租了一辆车，离开了北京。

一切，又要重新开始。时令已经到了夏天，村里也没有多少农活，等于闲着，而我的妊娠反应还在持续着最后的疯狂，嘴越来越刁的我常常委屈于婆婆的小气与冷漠。没有零花钱的我们等同于受制于婆婆的管辖，千篇一律的饭食实在勾不起多少食欲，日子过得压抑而沉闷。后来，他去了一个石料场，一个月可以挣到 500 元，那个时候的 500 元并不是五张人民币，它可以给我买想吃的零食，也可以给孩子准备衣服，甚至还能给我们的孩子买一些奶粉，意味着好几个月我们都会相当宽裕，它承载着我们对未来满满的憧憬。而对于一个文质彬彬的他来说，那样的工作实在是与他所学的，风马牛不相及，所以犹豫再三，最终决定，为了我们的孩子他就去干一个月，只要一个月就好。

炮响了，石头飞溅起来，他吓得边叫边跑，最后还是被飞起的石子磕伤了一处，缝了几针，现在耳朵后面的疤痕还很清楚。从小很少见过大山的孩子，不仅要穿梭其中，还要抡起那些笨重的工具，将放炮之后残留的大石头再一下下砸碎。每天晚上，他都累得倒头就睡，第二天又早早起来上山。

等到女儿出生的时候，他已经在县城另外寻得一份工作，而且工资也涨了起来，他说是女儿带来的福气。其实我更觉得是当一个人，把生活中的每一滴美好都当成感动的话，快乐就多了。

结婚的时候，他就说过这一生我们已经紧紧拴在一起，他绝不会再想与我分离。等到有了女儿，我们的命运就更加紧密地连在一起。或许最初的喜欢在生活的道路上演变的是一种责任，但怎么都不能轻易辜负了那一场相遇。

只愿我们记得最初的许诺，记得在那一眼的回眸中盈满过最真的情意。

过日子，勺勺碗碗哪里能不磕碰？当初母亲中意他的重要原因就是脾气好，母亲深知自己的女儿任性又霸道，如果没有一个人来包容她的一生，注定会是伤痕累累。

某日与姐妹闲聊，她说其实两个人在一起，谁爱的更多谁就会是一直妥协的那个人。我笑了，深知这些年我永远是那个明知有错，还嘴上死扛，等他让步的人，我也是那个心情不好，就肆意把气撒在他身上的人。他虽恨得牙痒痒，却依然横不下心骂我，最多在我心情转换过来的时候指责几句。理解、包容，却不纵容，他用强大的隐忍兑现着那份爱。

2004 年冬天，女儿一岁的时候，我们买了自己的房子，这意味着我们在小县城里真的扎下了根。但每每回忆，总难忘刚进城时的生活。从村子里再次走出，一个纸箱、一个布衣柜就拉开了生活的架势。没有钱买锅，就用了亲戚一口缺腿的锅，常常因为锅盖不配套而蒸出的饭满是煤灰。每个月都在盘算着工资发下来添置点什么，看着家什一月月增加，心里总是美滋滋的。

等到搬进新家的时候，虽然是二手房，但一切都是我一手操办，从清洗到装修，再到置办家里种种。俨然是他主外，我主内，其乐融融。等女儿上了幼儿园的时候，他不得不调到外地工作，而我也找到了一份工作。早起，吃完饭，急急把女儿送到学校，晚上我总是最后一个去接，最愁的就是因为小区内管理落后，电动车的电瓶要卸下来提回家里充电。五层高的楼房，一手牵着女儿，一手提着电瓶，有时还要把她背上，现在想起来真不知道那个时候怎么那么能干。

后来，母亲不忍心我太辛苦，执意要让他回来。不管有钱没钱，一家人能在一起就好，这是母亲传导给我们的，而似乎我们也甘心遵循着这样的理念去生活。

日子过得平平淡淡，但总感觉爱一直在，家一直温暖。

闹别扭的时候，不是没有。十多年过去了，两个人朝夕相处，好的坏的都暴露无遗，最初那些心动的东西很容易被后来的不足所掩盖，很多时候也会想，现在的你怎么这样呢？要是当初知道就不会嫁给你了。而他也说过很多次，他说现在的我变了，和以前大不一样。其实，我们都没有变，只不过最初放大了对方的优点，把缺点全部忽视，而现在总想死死揪住对方的缺点，用以告慰自己在坎坷的人生中疲累的心。

有一好友，常与我诉说她的婚姻，结婚八年，离婚就闹腾了两三年，究其原因也不过是生活中琐碎的一些是非。其实当初决定嫁给那人时，她比谁都要意志坚定，可是等到生活中出现问题的时候谁也不愿再包容谁，用离婚来逃避那些矛盾。我告诉她如果每次遇到问题就离婚，你得结多少次婚？而并不是大奸大恶过不下去了，你怎么就不能多想想他的好呢？说完，她倒也能数起许多的好处来。

于是，我常想，人多是健忘的，走着走着就弄丢了许多旧日心情。或者说所谓的遗忘只是不愿想起，当最初的心动落实到旷日持久的烟火琐碎中时，必然要与岁月争长论短。生活中最难逃离的便是无数的诱惑，未知的，总是充满了神奇与美好的色彩，以至于总想着去挑战一番。

女友总说离了婚，她也不会发愁，总会找到一个比他更好的。

对于更好，我无从说起，更无法妄下论断，然而，这世间所有的好，其实都是我们自己给的，倘我说你好，你定是最好。

女儿长得真快啊，眼看着都要高过我了，我们也又一次搬进了新家，这次是真正崭新的家，依然从装修到置办家中一切都是我全权负责。十多年来于这座小小的县城之中的拼搏而言，或许我们并不是多么辛苦。可于我与他来说，一次次的跋涉，总是相扶相携，虽也有过小小的争吵，有过不如意，也有过颓废，但从来不曾想过放弃彼此。

很多人说我与他很是相像，可能吧，尽管脾性不同，然那份对初心的忠诚却是雷同的。我们共同相信着只要信念一直在，那些曾经的坚持就不会土崩瓦解。

2013 年，再次去北京，故地重游，却是为了治病。恐惧像一条毒蛇一样啃噬着灵魂，不得不说人在死亡面前脆弱得不成样子。他紧紧抱着我，揩干脸上的泪，他说就算砸锅卖铁也会给我看病，他的生活里不能没有我。尽管最后是有惊无险，一个小手术之后我们就开开心心回了家，但那时我就更懂这一生唯有那个男人是我可以依靠的人，是我稳稳的幸福。

一生的路，还很长，未来必然会有无数的风雨来袭，然我深信，只要记得当年那盈盈一笑间的深情，记得我们曾十指相扣，说过不离不弃，也记得我们曾经是准备携手过完一辈子的。总会在胸腔之中有感动滋生，有温暖扑面而来，那么，两双手定然不会轻易松开。

转眼，16年的婚姻之路就这么不经意走了过来，恍然如梦。那时意气风发的少年而今微微发福，眼角有了深浅不一的皱纹。从一个不谙世事的孩子变成了一个丈夫，一个父亲，而我，又何尝不是在时光的格子中慢慢变老？

我们一直在走，在无边的岁月里一步一步朝前走。这一生，总要有个人陪着我们一同上路，一起哭，一起笑，而愿白发成暮的时光，那个坐在对面，轻声细语共诉秋水长天的人，依然会是初见时惊然心动的那人。

我始终相信，最初的心动总会是一朵最美的花儿，而誓言并非它的土壤，必定需要两个人一起用一辈子的时间去呵护、修剪、灌溉。

莫名，也会被一些句子惹哭，时常会醉在一些矢志不渝的情节里，虽是已到中年，心依然不甘沦陷，在年轻与斑斓中跳跃不停。只不过，又总会一遍遍想起他的笑，犹如16年前那个下雪的日子，他也是那样微微上扬的唇角，还有那一脸的喜欢。

哦，我想说，你的微笑很美，情深不语，香自来。

写在女儿12岁时

宝贝儿，你12岁了，你长大了。

爸爸妈妈真的不知道是该要欣喜，还是感伤。欣喜着你如春天的花儿一般怒放鲜艳了，然而又深深知道你开始离我们越来越远。

今天，是你的生日。爸爸妈妈仿佛有太多的话想对你说，可一时又不知从何说起。这些年，看着你一点点长大，感恩着上天赐予我们如你这般的精灵，你是那么懂事、乖巧的孩子，你又是那么可爱、倔强。

这一生，你永远是我们的骄傲，你知道吗？

以为你还是那个长着小小的脚丫，腻在我们怀里的小丫头，只是一个恍惚，你竟是这般高了，你可以与我们争长论短，你开始用自己的语言诠释你的世界，用你自己的思想主宰自己的灵魂。是啊，你有自己的笔，完全可以描摹好你的人生，因为，你是我们的女儿，我们永远相信你。

爸爸妈妈给你取名"雨鸥"，希望你做人生风雨中最美的那只飞鸟，所过之处，片片彩云，蓝天之上你会划出最美的景致。雨中的海鸥是坚强的、勇敢的、无畏的。

小鸟虽小，却属于整片天空。爸爸妈妈愿你舞动着美丽的羽翼，自由地飞翔。请你记得，无论你飞多高多远，我们永远会注视着你，为你留存这人世间最永恒的爱。

你，永远是我们手心里的宝，是我们的心心念念。

宝贝儿，我们的小海鸥，你长大了，真的长大了。

还记得你小小的手每一次牵住我们时的幸福，也记得你的淘气与顽皮，更记得你成长路上的点点滴滴。或许你并不知道，你的每一次小喜悦带给我们的会是如海一样深远的快乐，而你轻轻的蹙眉总会搅动得我们心绪凌乱。

爱你，是我们这一生最重要的事；爱你，是我们心甘情愿的付出；爱你，你是我们生命的延续，顺着生命的河流，一路奔腾，永不停歇。

12 年前的今天，同样是一个寒冷的日子，妈妈依稀记得那年的冰好厚，积了一个冬天的雪似乎在陪同我一起酝酿着希望，它们固执地不肯化去，而你怎么肯挨过漫漫冬季，你怎么也是无法等到春天，等不得与花儿一起开放。

凌晨时分，你带着对这人世的懵懂，用一声响亮的啼哭敲开了人间的门。你来了，来到了爸爸妈妈的生命中，从此，我们的生命才算完美。

孩子，记得，你选择在一个冬天降临，选择在寒冷中开放，就应该有冬天的风骨，有冬的傲骨！

爸爸妈妈不奢求你能成就辉煌，也不巴望着你站在人生的巅峰俯视什么，只要你做幸福快乐的自己，做一个善良、懂得感恩的人。用一颗豁达的心拥抱世界，用真诚去善待你身边的每一个人。

12 岁，是人生一个小小的里程碑，未来还有很长很长的路要走，我们相信，且永远相信你一定会走出一条个性的路来。是啊，不必羡慕别人的风生水起，也莫要嘲笑别人的辗转尘埃，你只要做好你自己，做一个独特有魅力的自己。

孩子，今天你 12 岁了，爸爸妈妈愿你一生都快快乐乐，我们愿你茁壮健康地成长起来，愿你做一只美丽的海鸥。

这一生，你一定要牢牢记得，我们是这世上最爱你的人，爱你深深，爱你久久！

宝贝，爱你！

心上明月

我知道，在中国 960 万平方公里的土地上，那个被我叫作故乡的小山村根本不算什么。然而，在我这大约 300 克的心房中，她却占据了大半的版图。

念故乡，写故乡，一次次徘徊在故乡的土屋、土路、土墙之间，用记忆推动着光阴，用光阴成全了一把把滚烫的乡愁，原来这个世界上的用情至深不必仅限于人和人。

贾平凹先生说过，做起城里人了，我才发现我的本性依旧是农民，如乌鸡一样那是乌在骨头里的。

这就是根！

我的故乡，可以说是个十足的守旧派，几百年了依然保持着最初的原貌，在这个科技飞速发展的年月，那是多么的格格不入啊！于是她的孩子们选择了离去，抛弃，让其越发苍老得步履蹒跚。而今的村庄，破败又萧条，随着一所所房屋的倒下，那些无人继承的传统与曾经都渐渐被掩埋。

我已经不知道那个村庄的执守还能坚持多久，但每一次投入她的怀抱，都是一次温情的皈依。那情，带着原始的艰涩，却保留着最初最真的美。

居于高楼之丛，在车水马龙中似乎真的是身无冬夏，我想，所有季节的转换就像是电视剧的换集一样，不过就是插了个广告，稍后马上继续。

村庄的四季，是分明的，是深刻的。每一个季节必然带着一种刻骨铭心的色彩，在跌宕起伏中将生命一次次澎湃。

这也是我一直深深怀念故乡的原因。

秋天，自古与伤相通，凭空就多了几分凉意。然故乡的秋，风是含情的，水是含笑的，每一寸土地都是欢喜的。特别是中秋，正是收获热火朝天时，有丰收的喜悦，有团圆的幸福，让那一轮高挂中天的明月分外皎洁，分外圆。

记忆里的中秋节，不是碾黍子就是掰玉米，常常月亮都爬上了山，亮晶晶、圆溜溜地瞪着人间，母亲才忙着跑回家里把买好的贡品拿出来，洗好，摆好，然后虔诚地放到桌子上，再点上两只红蜡烛。

不管多么忙，这个时候都要暂时放下，一家人围坐在一起。哪怕光景不如意，吃着粗茶淡饭，但你看看我，我看看你，所有的苦都不算了苦。

中秋节，是个团圆的日子，就是要你在，我在，大家都在，相亲相爱是生活中最幸福的事情。

记得有一年，刚参加工作的二哥远在河北，他说不能回来了，于是就成了那个中秋自始至终的遗憾。特别是晚上，我们坐在炕上吃东西看电视，母亲就在灶台边忙活，她一会儿看看我们，一会儿又叹着气，像是自言自语地说："也不知道军子怎么过的，在哪里吃饭，敢情也吃月饼了？"她的样子是无精打采的，眼神黯然。父亲故意轻描淡写地说："你少操点心吧，人家咋也不愁过，可比你吃得好哩。"那个时候我虽然很小，但依然能感觉到满屋的失落。像是一声唢呐，吹到高潮的部分时却怎么也鼓不起那个腮帮子了，总就是缺了点什么。

由此，也就不难理解后来我们所有人不管怎么吵闹，但只要都回去，父母即使多受累多忙活，脸上的笑都是甜的，是可以沾满了浑身每一个细胞的。

而我出嫁的这十多年，也一直念念不忘那时情景，总想在果实挂满枝头的季节，在皓月当空的中秋时节，在简陋而温馨的农家，再享受到那种最真实的温暖。所以，每到中秋，就总渴望回到婆婆的村庄，可以盘腿坐在宽宽的炕上，也可以坐在大大的院子里看月亮，偶尔几声狗叫，或者墙头跑来邻居的猫，眼里闪着亮光，直勾勾地看着我，还有院子里的菜苗或是花生叶在风里发出"沙沙"的响声，甚是好听。

我不喜欢城里的中秋，清寡而无味。我是农民的孩子，或许我自己也从没有想到自己一生都无法剥离泥土的味道。所以，回去，回到那片土地，回到父母的身边是多么有安全感的事情啊。

对于我如此的向往，还有一个原因，那就是收获。

每年中秋都会很忙，要是碰上掰玉米还好些，大不了少掰点，迟一天，反正那个东西坏不了，这样也就可以按时吃饭凑合着安安静静地过个节。最怕的就是碾黍子，不碾吧？怕错过了没场面（类同打谷场），又怕下雨霉了粮食。碾吧？那是个特别麻烦而烦琐的事情，就是黍粒碾下来，风向不对也没法扬场，结果就是粮食也无法归仓，为了等风来，捎带个黑夜是常有的事。这样一折腾，谁还顾得上赏月？着急忙慌吃了饭就得往场面跑。

不过，现在，这倒成了我特别怀念的地方，仿佛这样的中秋别有一番滋味在心头。

　　早上，天才蒙蒙亮，父亲和母亲就拿着镰刀上场面了，他们一个割捆黍子的草绳，一个抱着把黍子散开，按照圆形铺到场面中间。我特别喜欢跳到黍子堆上去玩，所以会尾随而至。平时他们都呵斥不让我上，说上去乱蹦会把黍捆之间的缝隙压实了，那样不通风，一旦下雨就容易发霉。但现在不同了，反正马上就要碾了，算最后的疯狂吧？我怎么蹦怎么跳都没关系。

　　黍捆都是头朝上立着，而每捆之间难免有空隙大的，那样人的脚很容易陷进去，整个人就倒在黍堆上，然后鞋里、衣服兜里全是黍子，最后我干脆破罐子破摔，整个人躺上去，还打滚，搞得头发、嘴、耳朵里全钻进了黍子。

　　这样还不尽兴，在铺好的黍子上还要打滚，要不就是跷着二郎腿躺在上面看天。总感觉在泥土与庄稼的味道里纠缠是很愉悦的事情，兴奋而自在。等黍子碾完了，白花花的黍粒像小山一样堆起来的时候，我又要把手插进去，等到埋大半个胳膊了，就在里面攥一把，握紧，往出掏的时候就听到"哗啦……"光溜溜的黍粒就滑了下来，这样的后果是常被大人骂到一边去。

　　母亲过来拿着木簸箕弓下腰一下下铲黍子，然后又起身装进袋子里，我多数是做那个最没有技术含量的撑袋人，父亲则是扎口子，抱袋子，把它们整齐地放到一旁，等完工了一起拉回院子。大哥二哥也是各司其职，有的帮父亲抱袋子，有的挥舞着大扫帚把溅到远处的粮食扫回来。一家人的身影影影绰绰，时而交错时而重叠，时而又几足鼎立。

　　我忽然想，月亮是一位画师吗？这月夜下的故事一定被它画得很美。

一座小山瞬间没了，一边的袋子却神奇地多了起来，随之我身上的每一个细胞都活跃起来，想跳舞，又想飞奔，袋子越多它们就跳得越欢。

丰收，是这么势不可挡的兴奋啊！那时你会感觉一切原本的烦恼那都不算个事，无比的快乐从心里淌出来，流向风，流向山，也流向溪水、树木，流遍大地。甚至，天上的月亮也被感染了，它笑意盈盈，俯瞰人间。

月亮像一个大大的圆盘，银白色的光铺满大地，好一个清亮亮、明晃晃，而又干干净净的世界。白花花的黍子之上，更是光芒四射，映得父母脸上像千朵万朵花开。

这人间，漫天都是锦绣。

很多年了，再不曾经历这样的场景，只能在闲暇时分遥对记忆之处深深怀念，得以重温那一缕真情。

我知道，故乡的明月，照着收获的喜悦，也有团圆的温暖。

那一轮明月啊，照亮了中秋的夜，也把皎洁洒向了故乡的岁岁年年。

河流之上

年糕收到了，然而表皮已经生起了零星的霉点。我舍不得扔掉，一刀一刀费力地将那些丑陋的小圆点状的东西削掉，余下的白生生、滑溜溜地泡在水里，晚上就和西葫芦一起炒了一盘。

它们从浙江到山西，经过千山万水方才抵达。小小的年糕片放入口中，如同一遍遍咀嚼着一种情谊。唐时，李贺就说过，"人生所贵在知己，四海相逢骨肉亲。"我们大可不必浓情蜜意，即便相交如水，淡淡之中已是一番美好了。

我叫她素颜，她叫我雨姐，虽然我比她只大一岁，虽然，从来都是她惦记我。

每年，她都会按例寄一些年糕来，还有一些本地特产。曾经，试图掐断这条友谊的线，因为不愿辜负，也不想负载这份遥远的牵挂。然而她的坚持与真诚让我不得不心安理得去接受，她那么毫不计较，又是那样热情地给予着她的情谊。终将，岁月之中，深深住在我的心上。

说来，与她的相识缘于一个人。记不清是哪一年的事，一位网上好友突然在聊天窗口问我，她想去见一位网友，不知妥不妥。我自然以自己既定的思维模式为她提供了一些意见，最后她们见了面，还成了亲密无间的好姐妹。而由此，她就慢慢变成了我的"哥们儿"，她要见的那位网友也成了我的素颜妹妹。相识的场景常常容易被忽略，而相知的故事却牢牢刻在了心上。

我以一种猝不及防的方式被她们划为生命中重要的人，以后，她们只是一味对我好。

我说，素颜，你寄那么多，那么沉，我真的不知该说什么。

她说，我都感觉寄少了，本来打算再买一些我们这里的零食一起寄过去，只是实在没时间。

我说，真的太麻烦了。

她说，反正是我老公去忙活的，他力气大着呢。

一向能言会道的我，不得不承认在不可抗拒的情谊面前，我也常常会不知所言，无所适从。她还说等以后有机会一定带我的女儿去，让她老公给做一次地道的炒年糕。

其实，江南之行的约定早已开始，只是相隔太远，总有或这或那的理由横置其间，所以，每每作罢。

如果说一种情谊可以隔着千山万水，仍能相知如镜，一定，与一种缘分有关，笃定，前世，我们有过交集。

那一年，我坐了一天一夜的火车，抵达河南，然后是相互的深情相拥，那些网络相守的日子瞬间在眼前被激荡成最动人的歌谣。短短三天，却定格了一生的情。分别时，"哥们儿"心疼我娇小的身子背不动沉沉的包，执意要抢去。我告诉她，我能从山西来到河南，就能从河南回到山西。当我倔强地走向站台，挥手之后仍难掩惆怅的泪水。她说她的眼睛哭成了桃子，我笑她丑死了，没出息。列车一路疾驰，把山河树木都丢在了身后，可与她的情谊怎么也无法再丢弃。

如果说"哥们儿"对我的好，因为她比我大，她应该付出多些。可素颜，我与她从未谋面，只因那年无意被"哥们儿"牵扯其中，就开始死心塌地对我好，她应该属于那种踏实而执着的人。我们平时其实很少交流，但她一直默默守护，仿佛我就是她认定的人，无须理由。

我想，这一生总会见上一次，或迟，或早。素颜说三月的浙江正是采茶的好光景，她带我们上山，还想带我们去看毛竹。"哥们儿"已经规划好了行程，去杭州看西湖，还要去乌镇，我的心被勾得直痒痒。为了这个，也没少被另一位姐姐责备，她总说我就是那个坏事的人，每每临时有事，让相约泡汤。她叫菩提本无树，自然也是一个被"哥们儿"推入我生命中的人，自从来过，再不思离去。

虽然来自网络，而我依然愿意真诚地为她们开出一块地，生长着一生的故事。每每念及，无一不是照亮长夜的心灯。有一种温暖，并非只拘泥于现实生活，只要用心，远处也会有清香随风而至。

纪伯伦说过："和你一同笑过的人，你可能把他忘掉；但是一同和你哭过的人，你却永远不忘。"

这个世界，从来不缺站在高处俯视你的悲伤，然后用以填充自己那点卑微的虚荣的人，而无论在什么境遇都能待你如初的人并不多。

战国时，孙膑和庞涓同在鬼谷子门下学习兵法，有一年，魏国以优厚待遇招天下贤才，庞涓不愿再在深山孤寂中继续，便下山助魏，后来也建立了一定的功业。可当孙膑也在别人的慕名举荐下来到魏国时，却遭遇了庞涓的忌妒与陷害。孙膑怎么也想不到他心中的好朋友会待他那样残忍，旧友捏造罪名将他处以膑刑和黥刑，砍去了他的双足……这一切当然是源于庞涓对孙膑才能的嫉恨，当孙膑无意得知，装疯卖傻以求存下性命时，庞涓仍然不愿他逃出自己的视线，以防对其造成威胁。而当齐国用计将孙膑救出后，他仍然耿耿于怀，苦苦相逼。

朋友如此，当仰天长叹，悲从中来。这样的朋友，自然也不是真正的朋友。

人生三情，不过亲情、爱情、友情。友情可如茶，可如酒，亦可如阳光，没有朋友的人生想来也不算完美的人生。真正的朋友不必日日联络，但一见面，总感觉有说不完的话，总想把话全部说给他（她）听。

所以，我一直记得这世上，有一个叫宪青的人，她在我欢喜的时候，悄悄躲在身后，而我悲伤难过时，她就是那个无偿供给我怀抱与关爱的人。

与她相处，毫无负担，你根本不会担心她会做半点伤害你的事，有什么不开心的事统统可以倒给她，她说自己没有多少文化，可她的淳朴与善良足以成为你的一片天。她是一个简简单单的家庭妇女，相夫教子、孝顺公婆，她的脾气其实也不是很好，但自从做了我的姐姐，却要万般包容，任我撒娇耍赖、任性无理。

有一年，遇到不开心的我玩失踪，电话、网络哪里都没有我的音讯，她一遍遍留言，不停打电话。狠心的我为了成全自己的冷漠一次也没有回复。后来有一条短信发过来，却让我再也控制不住自己。

她说："妹妹，你在哪里啊？你想让姐姐哭死吗？你姐夫睡了，姐姐悄悄蒙在被窝里给你打了好几个电话，你不接，现在又发短信。"

纵然不是亲生的姐妹又如何？

这一生能遇到如此真心待我的人，当也算是我的幸福了。不是每一个人都愿把真心付给你，也并不是谁都能这样情深义重。

开始的时候，我要是一天，最多两三天不找她说话，她就心里难过，以为我嫌弃了她，可嘴上不说，自己心里犯难。慢慢，当我着手忙文学社团的事，又要不停看书、写稿的时候，她也慢慢学着安慰自己，悄然躲在了身后。但我知道每一次的成功她都在为我喝彩，我一直不曾离开她的视线。

我亦认定，她是我一生的姐姐，是稳稳住在我心里最美的姐姐，无人可替代。

还有一位好友，姓王，是大哥级别。但初识时我与他剑拔弩张，并不友好。论才学，他如师，其见识之广与学识之精常让我暗暗佩服，只是他常常出言不逊，尖酸刻薄，让我与之唇枪舌剑，又几次绝交。

记不得吵过多少次，但有一次因为他看过我的一篇草稿，而后提出意见让我修改，我因为已经发在网站之上没有权限再改，加之手头有些事耽搁，他好一顿斥责，让人不觉芒刺在背。本来虚心接受意见的我被他一通指责之后，生气至极，与他理论、相辩。最后他倒是没有介意我这小女子的无礼，用他的话说越吵越近。

再后来，不知道什么时候，我习惯依赖于他的意见，每次写完文章都要发给他，想听听他的意见，不能否认他给出的意见很有价值，一语中的。虽然他批评的言辞很激烈，我还是愿意硬着头皮接下。他说那叫批判，而且会毫不留情。他每次都要很认真一字一句地阅读，而且写出严谨的评语，有批评，其实也有肯定。看过之后我很感动，而他年龄也比我大不少，瞅着那些电子版密密麻麻的小字，真的很辛苦。重要的是，当我遵照他的意见修改之后，他会夸我聪明，很快掌握了要领。

后来，我的第一本散文集出版，因为他在海南休养，迟迟没有发去，2016 年正月当我怀着感激的心情将一本拙朴的书寄给他时，其实我是有些自惭形秽的，可高傲，甚至可以用桀骜来形容的他，却用少有的谦虚态度一再说喜欢我的作品。作品，我认为这首先就是对一个作者的尊重，是一种肯定与赞赏。接着，他又回寄了我两本书，一本是新版的《文化苦旅》，一本是《小说写作教程》。

再后来，他的身体一直不好，而我也不再好意思把文章发给他，但偶尔他也会发来问候。与之相遇，回忆之时常感不可思议，亦兄亦敌，亦师亦友。虽有过很多不愉快的争吵，但在他的激励下也学到不少东西，而且也是他无形中让我的写作提升了一个高度。

朋友，可分为很多种，知心的、知意的、相通的、矛盾的、相扶的等等，这各色的人群才能组成一个多彩多姿的生活，在这生活里我们彼此欣赏彼此共勉，也一起经历风雨欢喜，也会激励彼此，取长补短。

我们确实不能否认，生活是需要朋友的。

这些年，在文字的路上，一定要感谢一个人。他总是不时地给予我鼓励与肯定，虽明知自己没有他说的那么好，但为了这份殊荣也不得不努力提升自己。他最爱说的话就是，你行的，你就是最好的。人说世间男女没有真正的朋友，可他却是一位真正的挚友。

说来，与他认识也有六七年，甚至更久些，反正刚开始试着写文章就认识了他，只不过一直没有更深的交流，他只是默默关注。我开始学习写小说的时候，试着与他聊了一下，感觉到他虽然不大会写作，但阅书无数，对于文章的架构以及立意等等也有一番独特而深刻的见解。譬如我写的第一篇小说就是他设想了一下，让我试着以两种不同结局收笔，结果文章一发出便受到了读者的一致好评。

第一本书出版的时候，是他帮着出谋划策，从选图到选文，再到排版后的效果，他都一直参与。而第二本散文集要出版的时候，他更是从书号咨询到出版方面各种问题给予我诚恳的建议。另外，他还邀请了两位作家朋友为书作序，忙前忙后。整个出书过程因为他的帮助，不觉轻松了许多，也有了一种安全感。

他还说，明年准备着手盖房子，到时候就宽敞多了，请我们一家去住，然后带着我们去玩，我说我想先看百花山，他说，房山附近都看遍。我说谢谢的时候能想象到他一脸的真诚，也能感知到他传递在时空中的温度。虽然，我知道这大抵是不太可能，我不会轻易去麻烦他，可是这份情谊所传达出来的温暖已足够在时间之上被镂镌成一曲美的辞章。

遥想管仲与鲍叔牙，无论管仲在什么情况下，鲍叔牙都能给予其理性的理解与善意的感知。他家庭条件不好，鲍叔牙愿意帮；他出谋划策失败了，鲍叔牙也不会怪他。就算管仲因为齐国公子间的争斗失败而下狱，鲍叔牙仍然愿意不失时机地举荐他，而自己作为那个辅佐的角色。人生有友如此，夫复何求？

正如管仲之感叹，生自己的是父母，而真正了解他的只有鲍叔牙。他三次做官都被罢免，鲍叔牙没有嘲弄，而是认为只是因为他没有遇到赏识的人，他当兵逃跑，鲍叔牙又认为他并非怯懦，而是牵挂家中的母亲。

人生三情，缺一不可。朋友有时有如暗夜中指路的明灯，虽然也会偶有飞虫捣乱，但依然难掩它明亮的光芒。

我们终究难忘这一生陪伴过的那些朋友，不管以什么样的姿态出现、相交，那都是生命的河流之上，一笔笔珍贵的财富。

就这样吧，顺流而上，一路高歌。

一帘幽梦

　　我没有去过江南，然而一直深爱，仿佛从出生就开始了冥冥之中便已注定的热恋，对江南，是一种固执的情感。于是很多次想过，或许，前生我曾遗失在江南，总有一些记忆席卷成今生的痴情。

　　其实，人这一生，对很多东西的喜欢是没有缘由的。只需要轻轻一念起，就会有大朵大朵的情喷薄而出。

　　"日出江花红胜火，春来江水绿如蓝。"多美的春天啊，可是美的又何止是春天？"接天莲叶无穷碧，映日荷花别样红。"看，六月江南也是风情万种，旖旎多彩。哪怕是一捧断桥残雪，也能装点成无与伦比的浪漫。秦淮河的妩媚，二十四桥明月夜的风情，江南的哪一枝哪一叶不关情，哪一草哪一木不生香呢？

　　我想，江南的四季必定是美如画的，水墨相融，脱俗雅致。小镇、雨巷、雕花的窗、青石路，还有乌篷船都是梦里千回百转的美。就算是一道牌坊，都染满了深远而苍茫的爱恨情仇。

　　江南，从唐诗宋词走出，又陷入白娘子与许仙的千年情约，那是"金风玉露一相逢，便胜却人间无数"，还是"世间所有的相遇，都是久别重逢"？江南是美的，连呼吸都渗着一点点的诗性。多想亲眼看见那朵绾着丁香的女子，看她怎样撑着一柄饱含愁怨的油纸伞，将悠长悠长的雨巷走成红尘男女的信仰。

江南是有故事的，一沓沓的故事在四季的风雨里酝酿，醉成一场场湿漉漉的华美。我喜欢江南，更喜欢它的古朴，仿佛只需轻轻一落座，清风徐来，有雨敲窗，檀木的香泛着一阵阵陈旧的味道，就将整个江南撞入眉间，心头。于此间邂逅一番古意，注定是一生忘不了的，它总是轻易就打动了灵魂。

江南，仿佛从来不曾停止过它的美，它就像一位端庄的美人，从上古走来，一张永不老去的容颜在岁月的沟壑中，一直保持着秀丽与典雅。它清香绕湖，碧波清漾。江南，卧在我一行行的诗句中，落成最美的韵脚，恰如在孤寞的日子，嗅到了一缕花香，浅浅就醉了时光，温热了凉薄的心怀。

只不过，多少人爱上你美丽的妆容，却难以窥得遥远的沉重。青石铺就的小路是从哪里延伸出来的一页沧桑？潮湿的味道中又氤氲着多少不愿散去的忧伤？江南是柔的，却也有深不见底的刚在岁月的洪荒里顽强地矗立着。

没有哪一种大美，是未经过洗礼的。能经得起岁月推敲的，定然有着厚实的脉络。

"小楼昨夜又东风，故国不堪回首月明中"，一把沧桑，满目的浊泪，这般，那般，万般前尘往事淹进了历史的烟云。不再提，不再言，就且让"人生如梦，一樽还酹江月"吧。

曾听人说，人生至少是要看一次《牡丹亭》的，看杜丽娘与柳梦梅的爱情。我想，所谓的"看"不过也是因为向往那样的爱，向往爱情有场美好的结局。汤显祖说过，如丽娘者，乃有情人耳。情不知所起，却一往情深，生者可以死，死者可以生。生而不可与死，死而不可复生者，皆非情之至也。

因为喜欢，所以不舍错过。

想来，我也应该去看一次江南的，让无数次描摹过的美丽欣喜地栖居在眸里。

有友居于江南，不止一次相邀，言说带我三月采茶，再赏乌镇秀美，或上山间看竹。灵山秀水，一景一物皆撩拨得心直犯痒痒，恨不能生出一双高飞的翅，瞬间投身梦中水乡。

白墙黑瓦，灯影桨声，烟雨蒙蒙，亭台水榭，花影袅娜，还有一桩桩一件件美得摄魂的情事。想来，这江南如果是一杯酒，我只需轻轻一啜，就能醉了浮生。

然，心怀有梦，梦即永恒。生怕一个走近就坏了情致，惊却了沉睡的诗魂。那就轻轻地，不打扰，只让它一生住在最深最美的心田，一捧花，一阶草，葱茏地围满。让风递细香，明月传情，光阴染满了美好的模样。让梦中的水乡永不枯竭，源源不断地涌出，滋养平淡的流年。

有些梦，用来实现，而有些梦，适合珍藏。

人生总是因为某些得不到而遗憾，在遗憾中升腾着绵延的美。给人生一些留白，让美好在我们的不可触摸里念念不忘。

我是一个地道的北方人，从小习惯了黄土高坡的朴素，花不多，叶不浓，它所给予的生活是简单而直白的。就这样，年年月月在它分明的四季中骤冷骤热，在几近贫瘠的世界中依然与光阴一次次推杯换盏。

江南是繁花似锦的美，于我是无法推辞的向往。可我最终没有选择去追逐，只为了一种信仰，尽管完全是自己的营造。可人生又有多少的美好不是源于自己的构建？

　　我特别喜欢江南的荷塘，大片大片的，满满的一池子荷花簇拥着，喧哗着。每次看到好友网上发出图片，我都陶醉其中，不生一丝的厌倦。荷叶田田，荷开婷婷。还有旗袍，我一厢情愿地认为旗袍就该是属于江南的，它那么柔美，那么碧玉玲珑，定是要走在细弄窄巷里，要配一把油纸伞，或者，穿它的人一定要温言细语，最好是温婉优雅的江南女子。如果是用苏州的丝绸做成，那更好，柔如春风，软如细雨，冰凉的温柔是任谁都抗拒不了的魅。

　　是的，抗拒不了。对于江南的喜欢，我想我终究是抗拒不了。

　　然，我更愿意每一次轻轻想起时，有风捎来你的美，只轻轻一嗅，便沉醉不知归路。

你是我永远的守望

　　我做了一个梦，一条奔腾的大河，河浪汹涌，接着，好几只羊顺水而下，我生起了无限的怜悯，顾不得太多，把其中一只最小的羔羊抱在怀里。奇怪的是，我居然就站在洪流之中，轻轻抚摸着她。她长得特别可爱，圆溜溜的眼睛，一身洁白的羊毛，后来我发现，她也是那一群羊里最好看的。不久后，我怀孕了，那年，女儿生肖为羊。我认定了，这是恩赐，生命的河流之上，是上天亲手将她送入我的怀抱。也许，前生，或是更久远的上古时代，我们有着千丝万缕的关联，笃定在这一世血肉相连。不管经过多少次的轮回，生命的册簿之上永久刻着我们的缘分。

　　有一句话说，不经意的才是最美的。我想这个孩子就应该是最美的精灵，她的到来是个意外，以至于并没有足够的思想准备，当我与她的父亲在北京准备打拼闯荡的时候，才发现原来同行的已是三人。强烈的妊娠反应以及狭小的出租屋，再加上异乡的漂泊感都因为有了她而温润起来。即使后来因为"非典"的恐慌，我们不得不匆忙逃离京城的时候，她都紧紧环抱着我们，一路相伴。

　　本来极其害怕因为前一个孩子的流产而影响到她，但看来我们的顾虑是多余的，这就是我们的孩子，命中注定的，所有的考验都不曾断掉我们的缘分。

那一年，颠沛流离，几经辗转，从北京回到家乡，再从家乡走出去。说白了，只是为了生活。后来，我们基本稳定了下来，在城里租了房子，有了工作，只等，把她接到人间。俗语说"十月雪，赛如铁。"都十一月了，十月那一场大雪以冰的形式尘封着大地，天好冷。阴冷的南房，在不连续的阵痛中我饱尝着一个女人最幸福，也是最痛苦的滋味。2003 年十一月初二凌晨三点，她来了，带着一声响亮的啼哭，也带着对人世的懵懂。看着那个不足六斤的小毛头，我深知自己完成了一个女人一生最华丽的蜕变，从此，我便是母亲。我给她取名鸥，鸥是我心中最美的飞鸟。海鸥身姿健美，惹人喜爱，其身体下部的羽毛就像雪一样晶莹洁白，而且天空与大海都是她振翅的世界，海鸥定有宽广的胸怀以及无边的志向，她勇敢而顽强，她从容而热情。

鸥一生下来就很漂亮，那双眼，就和我梦里见到的一样，黑溜溜的，小小的嘴巴灵动着呢。三个多月后的一个傍晚，我轻轻拍着她想让她睡觉，她却猛不丁喊出一声"妈妈"，我问身边的父亲，刚才是不是听到她喊妈了？是不是？是不是？我一个劲儿地追问，迫切想要在父亲那里证明这一声呼唤的真实性。父亲正一脸愕然，显然他也是被惊到了。虽然自那次之后，直到后来真正意义上的叫出"妈妈"还是隔了一些日子，但我的心里，确信她是一个精灵。九个月大时，她叫出了第一声"爸爸"，十一个月大时，她学会了走路。她都是在一般孩子正常的范围内成长，甚至比别的孩子早之而无不及。

我的脾气不好，初为人母，加之鸥的调皮，没少吼她，有时气到不行了，也会小小地体罚她一下。她很少求饶，倔强地站在那里，以至让我倍加生气，发狠的时候就把她放到门外。这样做的后果其实是心比针扎了还要难受，自责与愧疚不时煎熬着一个年轻母亲的心。等到她渐渐长大，懂得与我摆一些道理来为自己的调皮胡闹开脱时，越发让人气恼，但每次必然是她认了错我才罢休。我在无形中塑造着自己的威严，我不愿将来的她无法无天。等到她败下阵来，我和颜悦色的时候，她就会扑到我的怀里，号啕大哭，我轻轻抚摸着她，告诉她，妈妈打她的时候其实比她更疼，但她必须要明白她确实是错了。她哽咽着说知道错了，再也不会了。

鸥其实是个很好的孩子，抛开孩童的调皮天性，她并不需我费多少心思，只要稍稍把道理讲给她，她就心知肚明。鸥也很聪明，所有的东西教过一次就能记着，如果你当时考她，她答不上来，但在过后的某一天，不经意她就会说出来。从小，她就是我的骄傲，聪明伶俐，活泼可爱，五六岁的时候，她就懂得心疼人，我带她购物，她总会抢一些提着，我疼她，不舍让她提，她就抢过来说自己喜欢提。她小小的心思自是瞒不过我的眼睛，而我生病时，她也会在我眼前跑来跑去，隔一会便问我，好点没？怎么样了？有泪，在眼眶蓄满，想来，那时的鸥断然不会懂得一个母亲的幸福因她而来，可以幸福到落泪。

记不得是多大，我不再打鸥了，也很少吼她，我所有的年轻气盛被她磨得渐渐没了棱角。或是因为我更加惧怕打她过后的那份之于我的刺骨的疼痛，也或者她根本无须我动那么大的火气，她本身就是一个很好的孩子。我伤心难过时，她也会大把大把地落泪，然后依在我的怀里。血脉相连，感同身受，这浓得化也化不开的情，让我一度感受着人间的美好，以及作为一个母亲的快乐。我庆幸着这一世生命中有鸥，更感恩着上天把这么好的孩子给了我，然而我常常会担心，自己所能给予她的却并不是这世界最好的一切。

烟火日子，三个人的小清欢，倒也其乐融融，我想，一个美满的家，是我最应该给鸥的。我更祈愿着，鸥可以快乐而茁壮地成长，蓝天碧海，她大可以自由飞翔。

鸥在八个月大的时候，曾高烧到 39.1℃，抱到附近的门诊他们已不愿接收，建议我去大医院。鸥无力地趴在她父亲的肩上，唇角的干裂就像我的心在一点点迸裂开来一样，干巴巴，一点点碎掉。我哭着给大哥打电话，我与她的父亲已没了主张，生平第一次体会到了天地沦陷般的恐慌，恨不得，我替下了她，将所有的疼痛与苦楚都给了我，纵然以死换得她的平安健康那都是不容置疑的。

医院的人真多，排得水泄不通，而我们的焦虑不停蹿长，仿佛一个小小的火苗就可以瞬间引燃。我还是想哭，好久了还是轮不到我们，鸥眼皮也不撩，我不停唤着她的小名，她微弱地回应，我的心才放一下。好不容易轮到，医生说怎么烧得这么厉害，赶紧先打一个退烧针，不行就去市里。

还好，我们坚强的鸥挺了过来。烧稍微退了下来，就安排住院，每天打针输液。我想她的生命深处确实是有着一股子倔劲，越是在困厄的时候却是容易被激发出来，那几天，同病房的孩子一到扎针时候就哭个不停，可鸥硬是不吭一声，引得护士们都夸。

到了一岁的时候，又是高烧又是上吐下泻，这样反反复复好长时间不见好，后来，她被折腾得瘦了好多。老话说，每个孩子在过生日的时候必然要经历一场小劫，因为有了这个古训，担心稍微少了些，然而心疼还是不言而喻。

等到九岁时，发现她夜间打呼噜声特别响，而且经常尿床，向来爱干净的我因为她尿床的事没少责备，自然，她的眼神中也常常流露着愧疚与不安。等到去医院检查时，结果是她扁桃体与腺样体肥大，以后还会影响到智力，久而久之甚至会影响呼唤，导致窒息。

我的心缩成了一团，这么小的孩子，还要做手术。手术，那是多么可怕的字眼啊。可是生活从来不会因为我们的退缩而仁慈，再无退路的时候，我们只能领着小小的鸥去市里的医院。手术前要先消炎两天，于是例行的输液之后基本就没有什么事可做了，下午，我们便领着鸥出去走走。

我问鸥，你想吃什么？她说汉堡。从小到大，这恐怕就是她的最爱了。我没有含糊，带她去吃了她想吃的。鸥自然是喜笑颜开，她吃得满脸都是，倒也不忘给我和她爸一人一口，我们相视苦笑，然后告诉她我们不爱吃。

看着鸥高兴的样子，想到明天的手术，我们的心里如刀绞一般，我心里明白，那时，我已不知道还有什么更好的方法能让我弥补对她的愧疚与心疼。回医院的时候，繁华的城市已是华灯交织，街上的行人却并不多，灯光朦胧交错，我看着鸥趴在她父亲肩上的背影，鼻子发了酸，这一生我们三人注定要在一起相依相偎，苦乐相随。

第二天要手术了，早上护士例行检查病房，可能因为前天我们都累了，没有操心住鸥又尿了床。那护士一脸苦相，而再看鸥，蜷缩在那里，眼神满是恐慌、自责与羞愧。那一刻，我体内的母性被无限制激起，鸥是个自尊心极强的孩子，本来早上起来她自己都不好意思，这会儿她羞愧到了极点。我只想保护我的孩子，不容许任何人伤害她。

其实后来的事实证明，自从做完手术，鸥再不尿床了，原来的病情确实是影响了她身体的一些机能。

我不是一个好母亲，没有照顾好鸥，平白让她要受这般疼痛，后来医生来问了一下情况，然后嘱咐准备一下，要手术了。

我抱着鸥进了处置室，医生让我离开，鸥紧紧拽着我的衣角，她哭喊着，妈妈，带我回家，妈妈，我怕，我要回家。我们被关在了门外，里面是鸥嘶哑地哭叫，她说疼，她说她要回家。一个小小的门，如同将我与她隔了千里之远，她的恐慌与无助让我心都要碎了。我不停看表，每一分都像针在扎着我的心。门推开的时候，我飞奔过去，紧紧抱着她，告诉她没事了没事了。鸥软软躺在我的怀里，满脸的泪痕，还有委屈。

时至而今，我依然无法用合适的言语去表达出那种情感，所谓父母与子女之间的情，谈及之时每每都是会震撼到身体每一个细胞，乃至于每一滴血每一根骨头每一个缝隙。

对于见惯了人间生死的医生来说，那也许根本算不上手术，可对于父母来说，那是比天还要大的事。

回到病房，鸥反而异常的平静，我擦拭着她眼角的泪花，看着那张小小的脸，愧疚又如洪水一般泛滥。

要说这辈子，我最大的愿望就是鸥能平平安安、开开心心地长大。除此之外，一切不过是生命的附属。然而生活一次次考验着我们，不由得让人常常感叹，作为一个平凡的人想要平静地过着普通的日子，也非易事。

且以明媚过一生

12岁的时候，又检查出鸥的听力有障碍，虽然对日常生活并不会有多大影响，可我依然无法容忍自己的孩子有丁点缺陷。医生说这属于迟发性听力障碍，也与遗传有关，目前根本没有药物可以治疗，实在不行就要戴助听器。

不，不，我不能接受。我们跑遍了北京的大医院，找了权威的医生，哪怕有一点希望也不愿放弃。

从医院出来的时候，医生并没有给多大的希望，反而让疼痛的心又一次血肉模糊地被撕裂。鸥与她的父亲回住处取东西，准备赶火车，而我借口在医院等他们，其实我知道自己的腿已软到无力。一个人站在医院的窗口，身后是人来人往，我顿觉自己是如蝼蚁一般卑微，偌大的世界竟无法给我一隅安乐，甚至痛恨老天的不公平，那么好的孩子为什么让她一次次承受苦痛，而我们，又何曾不是在认真生活，何曾不热爱生活？为什么要这样？

我找不到合适的词语去描述当时的心情，眼泪像奔涌的海水一般夺眶而出，心，会痛到无法呼吸。后来，他们拿来了东西与我会合，尽管我极力掩饰自己的情绪，可聪明如鸥，她定是看到了我红红的眼眶，她说，要不你们再生一个吧，生一个健康的。我快速转过身去，抬起头，狠命地将泪咽了回去。然后扭过头微笑着对她说，你就是健康的孩子，你就是最好的，爸爸妈妈不会再要了，你这也不是什么病，慢慢就没事了。

鸥太懂事了，我不舍得让她的心有一丝负担，我只想让她幸福地成长。

所幸，后来我们几经辗转找到了一位在耳鼻喉方面特别权威的专家，她给了我们希望，做过了基因检查，也给了一些相关建议，平时多注意，能保持住现在的听力就是最好的，按此一般情况不会存在下降的可能。

但凡是一根纤弱的稻草，我们也要拼命死死抓住。现在经过好多次复查，情况还算稳定，这应该是最让人开心的了。

我又想到了那个梦，生命的洪流之上，时缓时急，注定了要与我的鸥一起蹚过。而鸥也应该是最勇敢的飞鸟，没有什么可以阻挡她高飞的前路，海鸥飞处彩云飞，她的天空定是美丽无比的。

现在的鸥，长高了，快与我一般高了，可每到星期天，她还是愿意腻在我的被窝，摸着她长长的腿，还有一头秀发，这还是那时那个巴掌大的小婴儿吗？时光如流水，真快啊！

与她谈及儿时岁月，谈她的顽劣，她笑得前仰后合，也在怀疑那时的自己。她问，我那个时候真是那样，真是那样的吗？我们最惯用的伎俩就是"啥声音？你听，啥声音。"这一招屡试不爽，保准正磨人哭闹的她立马停下来，瞪着圆溜溜的小眼睛彷徨地看看这人，看看那人。

第一天把她送到幼儿园，她拉着我的衣服不让我走，我狠心扔下她后，她便时时刻刻地跟随着一位姓李的老师，人家上厕所她都跟，可能因为那老师长得和善。后来，不止一次受伤，有一次居然从桌子上掉下来，耳朵后面缝了两针，老师说缝的时候她居然一声都没哭。

有一次放假，鸥和她大舅回了乡下姥姥家，从小到大，她都是我一手带着，自是黏我些，很多时候离开我，在别人家不过夜。那次以为没事，可到了晚上，大哥打来电话说鸥吵成了一团，非哭闹着要连夜回家，而且无人可说通，一向脾气好的父亲也被她气得不行。电话那头，她放声号哭，她说她要回家，她想我，离开我睡不着，闻不到我身上的味道让她怎么办？看不到我，又让她怎么办？我哭笑不得，听着她声泪俱下地哭诉，我只能一味安抚，我说，你先别哭，你听妈妈说。她不管，还是哭。我又说，你再哭，妈妈永远也不理你了。她突然就停了下来，只是哽咽。

慢慢，她平静了，听说后来很听话地睡着了。而我能想到她脸上挂着泪痕的样子，但她答应我不会再闹就一定不会再闹，从很小，她就是这样。

每次说到这里，她都不停自问，她一再怀疑自己小时候竟然那样肉麻，还能说出那样的话来。我告诉她千真万确，她的父亲也可作证。

一晃眼啊，她长成了大姑娘，亭亭玉立，如一朵含苞待放的花骨朵。回到家里，她总是喋喋不休地说学校里的趣事，我还笑话她不洗脸，不注重仪表，走的时候是个干干净净的美少女，回来时就成了一个脏兮兮的小猪娃。一回来，先强迫她去洗澡，最后却还是要我帮忙，出来的时候又一个劲地喊，妈，妈，我的衣服呢。有一次去看她，我竟然发现袜子和苹果一齐放在枕头下面。这个把生活搞得乱糟糟的孩子也常常自嘲。但偶尔她也会钻到卫生间半天不出来，对着镜子抹啊画啊，把头发扎成各种样子，臭美地自拍。

如果说一个人的苍老是一种无可奈何的自然轮回，那么，长大更是一种无法更改的放手。

现在很多时候，我都会萌生出一种凄凉，也有一种隐隐的酸涩。她越来越大了，这只小小的海鸥已渐渐张开日益丰满的羽翼准备飞向远方。现在她去乡下十天半日不会给我打电话，而我是忍不住牵挂要去询问、嘱咐。上初一的时候，她开始了寄宿生涯，我坐卧不安，辗转难眠之后跑去学校去看她时，她正和同学说说笑笑，念着她爱吃包子，我还在包里装了几个热乎乎的包子。

鸥正一点点挣脱我的怀抱，我知道我是盼着她长大的，盼望着她早日振翅高飞，在蓝天之上划出最美的弧度，但又不免伤感于她长大之后，我与她的父亲所面对的孤独与思念。

没事的时候，闲翻，看鸥从小到大的影集，看她一点点的变化，想着这些年成长中的一点一滴，那些酸甜苦辣以及她所带给我们的幸福与快乐，我是欣慰的。人生的所有只因有了鸥才变得更加有意义。

不管是那个嗷嗷待哺的小婴儿，还是蜕变后美丽的飞鸟，鸥，都会是我们永远的守望，这一生，我们会陪着她，爱着她，护着她。

她长得再大再高都是我们的孩子，哪怕有一天，她老得白发苍苍，都永远是我手心里那个可爱的宝。

以朴素的方式爱你

姥爷说，他昨晚梦到姥姥了。

这应该不是第一次梦到，也绝不会是仅有的一次。姥爷和我说的时候非常平静，或者更准确地说他并不在乎坐在对面聆听的是谁，他更多的是说给自己。

三年，一千多个日夜，看得出姥爷已经学会了用自己的方式去打发思念。我曾幼稚地以为那些磅礴而动心的爱只适合年轻的时光，只有那些年轻的人才会迸发出激烈的火花。终于有一天，姥爷与姥姥紧紧牵着双手站在金子一般的暮色中时，我的胸口有被猛烈撞击的感觉。

我经常梦到你姥姥。姥爷继续说着。常常睡梦中就听到杯子凳子有响动，我说你不要回来了，你就放心吧，孩子们都对我很好。说完，他拿起手绢擦了擦嘴，眼神中带着某种满足，很幸福的样子。当一种情感在胸腔之中积聚而无法散去的时候，总要寻找另一种方式去缓解，这是人的本能反应。姥姥刚去世的时候，姥爷像极了一个无助的孩子，嘤嘤哭泣，眼神涣散。尽管孩子们都很孝顺，可他对于姥姥的依赖与想念却是无可替代的。他俯在奄奄一息的姥姥身上的情景，至今依然像一幅鲜活的画在我脑海闪现，他一声声叫着姥姥的名字，然后痛苦地扭曲、蜷缩在那里。

我想，他一辈子也没有说过一句"我爱你"。可他却用最浩荡的想念让我们明白世间有一种爱，就是以这样朴素的方式抵达的。

对姥爷而言，姥姥一直不曾离去，依旧每日与他相伴，不离不弃。要不然，他怎么会总是自言自语，还不时呼唤着姥姥的名字。

姥姥的村子就在姥爷家往东不远的岑咀，民国十七年，他们同时降临在黄土高坡上的两个小村庄。姥姥娘家是当时的大户，150只羊，两头驴，五间房。一次姥爷的父亲去姥姥父亲家帮着做活的时候，他们就把彼此孩子的婚事给定了下来。就是这么简单，三岁的姥姥和姥爷就这样轻易地被命运拴在了一起。民国三十五年，也就是1946年，伴随着新中国的脚步，18岁的姥姥和姥爷也开始了他们崭新的生活。一头系着大红花的毛驴把美丽的新娘驮到了姥爷的家，也开始了跌跌撞撞的生活。

婚后，每天姥姥整整推半天石磨碾下来的粮食也仅仅只够吃一顿，她把幼小的孩子放在碾棍上一下、一下用力地推啊推啊。一个昔日的富家小姐要承担起那么重的生活压力，可她从不发脾气，按照老风俗小姑子们不能在婆家过年，她就安顿好粮食把小姑子送到村里一户本家人那里，过了年夜再回去。

姥爷最常说的一句话就是："跟着我全是苦啊，一天福也没享，一天福也没享。"

到了20世纪50年代初期，姥姥和姥爷又相扶相携着走过了那段艰难的岁月，他们把九个儿女培养得那么善良那么正直，那是多么深重的一笔啊，沉甸甸的。

且以明媚过一生

　　姥姥一直都是一副好脾气，九个孩子和姥爷围了一圈坐好，她站在锅口盛饭端碗，最后就在炕头边上一坐。母亲说全村人都知道姥姥好脾气，但她也决不允许谁欺负姥爷，姥姥要么不说话，要说，那就有分量。

　　以我狭小的感知范围，无法度量出他们相濡以沫 67 年的脚步所及，可暮年的姥姥姥爷却是我这小半生见过的最美的一对老人。

　　小的时候，我特别爱去姥姥家，在姥姥家的时光占据了我大半个童年，姥姥和姥爷说话总是温声细语，从不吵闹。后来我长大了，很少去了，可有一天突然发现，姥姥竟有些痴呆了。痴呆的姥姥虽偶尔可以认出我是谁，也能辨清她的孩子们，但她唯一死死、牢牢记住的是姥爷。如同一朵开在树上的花儿，别人都是枝枝叶叶，唯有姥爷是她永远的根。

　　别人给她钱，她立马笑笑接着递给姥爷；姥爷给她夹饭菜，不管是什么她都放心地吃下去；到了儿女家，如果留她多住几日，她定会说那老汉走我就走。而每说一句话，眼睛总要看着姥爷，姥爷走哪儿她一定要跟到哪儿。如果说这只是一种单纯的依赖，我并不赞同，这是几十年来心底生成的那种情，是笃定的风雨相随。

　　"死生契阔，与子成说。执子之手，与子偕老。"一场美丽的爱情总与旷日持久的岁月有关。

　　老年的姥姥姥爷总是手牵手，旁若无人。垂垂暮年，黑发成霜，他们就是对方世界的温暖，他们把手紧紧牵在一起，再深的黑夜，再远的路也就不害怕了。

　　一个人的眼睛，常常会让你更清楚地读懂这个人的内心。看着两位老人眼神中的平静与安详，再看他们一脸的笑容，你无法

不被撼动。我们穷其一生追寻的爱情不就是这样吗？平平淡淡，
从从容容，所有的爱都刻在了岁月上，刻在了心上。

这样的爱情，朴素而深沉。或许，他们自己也并非明白其实
自己已书写了世上最好的爱情。

就拿我的父母亲来说吧，吵吵闹闹了一辈子，从小到大，我
几乎在恐慌与心疼中度过。争吵，并没有什么大不了的理由，却
日复一日成为他们生活的色彩。直到有一天，当父亲检查出腰椎
问题，再不能干重活的时候，母亲的表现让我为之震惊。

父亲说，你看你妈，怕我干活，这几天她多有精神，抢着做。

母亲这大半生都在唠叨父亲，也一直没停止过依赖。或许她
并不知道父亲一直是她的一片天，时光静好时，这天空的存在并
不足为奇，可是有一天当天空突然划破了一道口子，那种恐惧与
惊慌瞬间就让她掂出了这天空的分量。她嘴上的那个可有可无的
木讷的男人，其实是她这一生的牵挂了。母亲用责备的口气数落
父亲的罪状，说他平时不自己注意，逢轻做轻，逢重做重时，我
却能感受到一种心疼，一种爱。

平淡的日子，以及陈旧的年代没有为他们明确地定义爱，以
及教给他们与爱情有关的种种，然而在沉重的生活中，他们一样
在践行着爱。

大姑几次三番打电话想让父亲去住几日，从朔州到临汾不是一
段小的路程，出发前一天，母亲就开始忙活，父亲已经很多年没有
出过远门了，母亲肯定不放心。她找出新衣服，又把 500 元钱缝
进父亲的兜里，临走时还一个劲儿地嘱咐了许多。而父亲就站在
母亲跟前，看着个头刚探着他肩膀的那个小女人，连着说了两句，
你什么也不要做，就和女儿好好在家里待着，等我回来再做。

母亲的目光迷离，她似乎在逃避，又仿佛沉浸在父亲的这番嘱咐里。而被母亲定义为大半生都不会说好听话的父亲，此时有着对妻子的不放心，以及疼惜，他一遍遍告诉我母亲的药该怎么喝，什么时间喝，我这位农民父亲把他的情落实到了最实际的生活中去了。

父亲离家几天，母亲的话题却并没有离开父亲，甚至每天最常说的话就是，等你爹回来就好了，等他回来再说吧。有一天，父亲打来电话，估计他是找了一个僻静的地方和母亲聊的，他把一些喜悦的事情分享给了母亲，最后又是那句话，你啥也不要做，等我回来我做。当母亲满脸喜色地向我们转述的时候，想必她心里漾起的定是幸福的涟漪。

爱情，应该是一个最华丽的词语，有着绚丽的姿彩以及庞大的诱惑性。我也曾爱极了那种动荡而不可一世的爱情，最终却不得不臣服于这样烟火琐碎中的相濡以沫。这样的爱更具震撼力，这样的美，是大美！

我想，不管是姥姥姥爷，还是我的父母，他们这一生或许并不懂"爱情"这个高深莫测的字眼，但他们却一直演绎着人间最美的爱情。原来有一种爱，可以用朴素的方式去抵达。

前不久，看到一段故事，是一位中年男子讲述他的父亲母亲的故事。他说，俺爹娘吵了一辈子架，那次是俺爹俺娘这一生最后一次合影，那天，俺爹紧紧搂着俺娘的脖子，两人笑得眼睛都睁不开了。由此，我想到了父亲回来时，他在院子里接水，母亲与他诉苦，说那几天她天天费力地提水，可算解放了。父亲笑笑，说，在的时候你骂我，看，还是离不开我吧？我笑了，母亲也笑了。

是啊，骂着吵着，还是离不开。

故乡的春天

　　惊蛰都过了，春天还在半梦半醒间。故乡的春天总是来得有些迟，好不容易盼来了，着急忙慌间就到了夏天。二月份，你是断然看不到半丝绿意的，河水还结着厚厚的冰，整整一个冬天的心事还凝结在心头，沉默而冷静。比起江南一树一树的繁华，还有万丝绿绦，我总认为故乡的春天像个不解风情的男子，他木讷而少言。树是秃的，枝是枯的，土地是冰冷的，连鸟儿都很少出动。你盼啊盼啊，期许在萧瑟的世界里望得见一丝鲜亮的希望，用以作为迎春的欢喜，可他是那么能耐得住寂寞，固执地立在那里，没有谁可以轻易左右得了他。

　　就走走吧，在这个单调的春天里安静地走走，天是蓝的，云是白的，大地是苍茫的。你大可以任万千思绪自由地拓展，漫向更深的远方，于是很惊奇这里的春天竟有着无比宽广的胸怀。

　　春寒料峭，乍暖乍寒，是故乡初春的特色。不知道是他在努力挣破一个冬天的束缚，还是要与旧年来一个彻底的了断，所以显得有些矛盾与纠结，也所以偶尔会飞雪片片，偶尔刮起像刀子一样尖利的风。心绪如此波动，选择是如此艰难，破茧成蝶也是一番费思量的事情。他，不愿轻易做出选择。但是后来，不知道哪一天，突然就扯开了漫天的风，呼啸着、奔跑着，夹带着飞沙、黄土。这风来得狂，带着野性，带着豪迈，仿佛有满满的热情，任你无法拒绝无法抵挡，于是满身满脸，甚至满嘴都是它的味道。它是来探春的吗？是挣破了思想的禁锢，决意阔步向前了吗？冬天过去了，春天总会来的。这春，扑面而来了。

故乡的春风，是有声音的，呼呼喝喝着，满世界都响，它是粗犷的、豪放的。这看似不解风情的男子变得像黄土高坡的汉子一样了。

忽如一夜春风来，千树万树梨花开。真的仿佛就是一夜之间的事情，枝头颤动着柔情，羞羞答答，河水也一圈圈晕开，岸边的柳树努着嫩芽急切地要扎进春天的怀抱。厚厚的枯叶再掩埋不住小草，它们争着挤着要冒出来。世界，开始热闹起来。后来，先是杏花开了，一朵一朵压在枝头，一朵一朵含着笑。接着，梨花也开了，白生生，娇滴滴。蜜蜂也忙了，这丛飞来那丛去，小鸟们也飞来飞去，要把它们的快乐洒在春天里。太阳挂在高空上，笑眯眯地看着，尽是温暖与温情。

春天的味道越来越浓了，就连小土山都忙着装扮自己了，各种叫不上名的杂草、山花开始探头探脑，打着哈欠，伸着懒腰尽情沐浴在春日的阳光里；那些歪脖子老杨树也努力地抽着新芽，想要快点结出满枝新绿。木栅栏里的羊角葱一个劲儿地往高处冒，浓郁的葱香飘进鼻子，飘满了春天。母亲说土地消融了，能种了，她早忙活着把菜籽撒满了街门口的空地，她的脸上堆着笑，那笑仿佛是有声音的，随着水龙头的流水"哗啦啦"流向菜地，流满春天。春天，一切都是那么新，让人兴奋而活力四射。

到了四月，清明来了。清明前后，种瓜点豆。这时，乡亲们的心开始蠢蠢欲动，他们再按捺不住，开始一趟趟往地里跑。刨茬子、浇地、施肥，将满满的希望种下，祈求风调雨顺，老天能赐一个丰收年。他们的愿望就是这么简单，这么淳朴。

等过了清明，天气开始大幅度回暖，雨水也勤了。人说春雨贵如油，这是春天最动人的故事。春天的雨像个小家碧玉，轻轻地，细声细气，有时甚至听不到它的声音，可地面上已经湿了一片，空气中弥漫着淡淡的雨香味。较之于之前的不解风情与野性豪迈，原来故乡的春天也有柔情的一面。它小心地飘落，抚摸着，大地多像它的爱人啊，它愿温柔以待，愿付尽韶华，只为真情相拥。它在大地的耳边呢呢喃喃，动情之处亦如痴如醉。这春天，处处是美。风还在刮，一遍遍叫醒万物，山水花草，飞鸟虫鱼都醒了，好不热闹。它们各自舒腰展背，搔首弄姿，都想在春天留下最美的剪影。

谷雨来时，春也深了，意也更浓。地上的苦菜密密麻麻，绿油油、嫩生生，它们疯长着，好像有使不完的力气。满眼都是绿色了，绿的树、绿的草、绿的叶、绿的大地，那绿是鲜亮的、活泼的，也是清新的、惹眼的。

然而转眼的工夫，还未来得及尽兴，夏天就自顾自来了。故乡的春天总是很迟，又很短，望穿双眼的企盼以及孤傲的个性让故乡的春天更具备独特的魅力。我依然感觉他像一个男子，不，是汉子，黄土高坡的汉子！在寂寞之中隐忍而顽强；在爱恨之间棱角分明；在前行的路上热情奔放；在内心深处柔软细腻。若是不用心，你不会轻易看到他的美。这种美，不及江南柔媚，也无秀美之气，没有姹紫嫣红，也不会谱曲成诗。他无法住进古往今来无数文人墨客的诗词之中，他少了韵脚，也少了艺术感，但他有风骨。有如脚下的大地！

　　经过了一些年的流浪，最后，我才读懂了故乡的春天。有一种朴素，是骨子深处的高贵；有一种美，是你用灵魂才能读到的惊叹。故乡的春天，简简单单，却深刻，平平淡淡，却深沉！于是，我仿佛看到了祖祖辈辈在黄土地上耕作的父老乡亲，守着破败的村庄，在贫瘠的岁月倔强地前行，生命的纤绳在肩头来来回回拉动，被疼痛灼伤之后依然微笑从容。再深的冬天终要过去，只要心里有一片春天，定然会阳光加身，希望长满大地。而这春天来之不易，我们怎么舍得不去珍惜？

　　这就是我故乡的春天，你喜欢吗？

故乡的夏天

　　故乡的夏天，天空是湛蓝的，云朵是轻飘飘的白，给人的感觉清清爽爽，纯粹、干净。春天来得迟，花儿还没开尽兴，绿油油的庄稼就一片连着一片了。这个时候，就算再好事的风也停止了它的呼喝，那些惹眼的绿就像一位亭亭的少女，风也停下脚步，开始细细端详了。

　　山西，算北方，我的故乡又在山西的北部，所以树不够直，水不够秀。但就是这样，到了夏天它们一样精神焕发，神采奕奕。东面小土山上的草争着、窜着、挤着往高处冒，远远看去，犹如一条绿色的地毯，绵绵延延将村庄环绕。而村庄就像闹腾的孩子，整个夏天都吵吵闹闹。早上，天还没有亮，公鸡才"咯咯"打了一遍鸣，门闩就"咔咔"作响，随之是踢踢踏踏，交错的脚步声，人们扛着锄头揉着还没完全睁开的眼睛奔向地里，为了躲避火辣辣的太阳，只能把早晨拉长。再过一会儿，鸡叫得更紧了，狗也叫了，羊也叫了，一切都被吵醒了。于是，窑道上冒着烟，窗口飘出饭香，小孩子的哭声、叫声也此起彼伏。半上午的时候，那些早起的汉子就挽着裤角开始往回走。他们趿拉着土灰土灰的鞋，大脚片子也是土灰土灰的，肩上扛着的那把锄像是得胜归来的将军一样摇头晃脑。路上碰着熟人就拉呱几句，聊聊彼此的庄稼，再偷偷说一说最近村里的新鲜事，或是哈哈大笑，或是东张西望。

街上三三两两，扎堆聊天的人真不少，和这个打完招呼又碰到那个，这儿编几句，那儿侃一会儿，时间就流水似地过去了。

那些没地，或是地少的，就在一起光着膀子、亮着嗓子玩扑克，他们把牌甩得响，地上的土也溅得高，兴奋度是一阵盖过一阵。老人小孩在阴凉地上坐着，靠着土砌的后墙，铺着自己用碎布头缝的花垫垫，苍老的脸和稚嫩的脸挨在一起，就像一个村庄的历史硬生生横置了在那里。年轻的媳妇们则是叽叽喳喳，一边眉飞色舞地说东到西，一边忙活手里的营生。有的手里握着长长的钢针来来回回绕着、掏着，眼看着一件美丽的毛衣就要诞生了；有的则是在头一低一抬间穿针引线，大红的鸳鸯，或是端庄的牡丹等各色的图案就被绣在鞋垫上。她们做得很认真，就像在摆弄着一种生活。还有红衣花裤，扎着羊角辫的姑娘，像院子里的葱，努着鲜嫩劲，水灵灵的，活泼而热情，她们奔跑在夏日的风中，额前的发丝被吹起，将满脸的喜悦更加清晰地裸露出来。那些男孩子就顽皮多了，他们舞棍弄棒，脸抹得像一片一片的乌云，还偷偷点火、钻地洞，再不然就是把女生"打得"哇哇大哭而得意地坏笑。

正午的时候，有些闹腾不起来了。街角背阴处的羊群懒懒地卧在那里，伸着长长的舌头，将头抵在地面上，以求寻找到一点凉意。狗也不叫了，摇着尾巴张大嘴巴耷拉着舌头，眼神慵懒而无力。树叶也蜷缩了身子，软软的，恨不得把阳光卷进去。人们早早吃了饭，躺在大炕上开始休息，身上能光的地方全光着，乡村人家就是有些大大咧咧。这个时候，一切都躲了起来，阳光热情似火，让人避之不及。但故乡的阳光热倒热，却绝不拖泥带水，你有汗大可痛快淋漓地落，绝不生褥热，没有潮湿之感。有的时候让我想起刚烈的女子，脾性亦如此。

半下午，太阳开始变得柔和了，人们又开始出动，聊天的聊天，玩闹的玩闹，下地干活的也扛着锄头又出发了。夏天，是庄稼铆着劲儿生长的最佳时期，不能因为杂草的干预而误了它们的长势，也不能因为干涸而摧残了它们的生命力，所以庄稼人得尽心呵护着。试想，若与人生相论，此时正是创业、意气风发之时，只有在这个阶段奠定了好的基础，才有秋天的硕果累累，才会有成功的骄傲。

渐渐，太阳走累了，从东到西走了一圈，它是要归家了。而闹腾一天的村庄也要短暂休息了。牧羊人的鞭子抽得响亮亮，黄土扬起的尘在夏日的黄昏像一幅油画，渲染着说不出的乡愁。奔跑的孩子被父母呵斥后，不情愿地苦着脸往回走，可村前水渠的水还是在流着，清灵灵的，不急不缓。褪去燥热的乡村，泥土的清新，还有草香味开始嗞嗞往鼻子里钻，它们顺着风就飘来了。夏夜的风是凉的，如果不是身临其境，你很难想象到这与白天的炙热是发生在同一个日子的事情。所以，人们喜欢吃完饭后就扎堆坐在街上乘凉，我很怀念小的时候，那时我们经常端着碗在院子或是街上，一边说笑一边拔拉着饭菜，那味道，真香。蚂蚱一声一声地叫着，风拂过树枝，将树叶吹得哗哗地响，月亮微笑地看着人间。就枕着这些美妙的声音，人们开始安睡了。

但如果你有心，在夜里不睡，静静听，会听到玉米拔节的声音，脆生生，响亮亮。我记得最深的应该是夏天我们可以赤脚站在水渠里，打水仗、洗衣服，要不然掬起一捧泼在脸上，那个凉爽啊。要么就是下大雨，屋檐下滴滴答答，院子里的雨水溅着小小的水珠，我踩着、晃着，还笑着。夏天，还有洪水。每次下完暴雨，从山上流下来的洪水就汹涌澎湃地顺着大队筑好的水渠呼啸而来，它也是闹腾的，闹腾得紧。每每有洪水来临，村子的人就跑出来，大人忙着引流浇地，小孩忙着欢呼雀跃。风声、水声、人声汇集在一起，闹闹哄哄。整个夏天，村庄就闲不下来，仿佛一个精力充沛的人在挥舞着所有的热情创造生活，描绘生活。只不过，这样的夏天已经有些模糊了。那些闹闹嚷嚷的人都老了，而年轻的，却远离了村庄。

那么干净的蓝天，也没有多少人在意了。

村口有几棵老柳树，虽然很老了，但枝条还是不少，葱郁苍绿，它们弯着腰，俯身下垂。我一直认为它是一种很普通的树，甚至在春天的时候，它是最早耐不得寂寞发出嫩芽的树种，我还骂过它很没有骨气。但若细细端详，也许你会流泪。

原来，它们活着的姿态一直是在俯拜生命的根。

那么我们呢？

故乡的秋天

秋天，是凉的，是那种从唐诗宋词中飘出来的悲凉的味道。我一直也是这么认为，而且还无数次放大过落叶的离愁还有秋风乍起的那种无处安放的苍凉。

可是后来，我发现那是站在夏天所看到的秋色，换句话说，是在年轻的时光所理解的秋意。

而今人到中年，秋，有了别样的风味，特别是故乡的秋。

故乡的秋天，天空更蓝了，蓝得彻底，蓝得干净。那句"天高云淡"毫不过分地似乎就是为故乡量身定做的。你若抬头望去，仿佛世界顿然是大了，空了，自己变得那么小，一下子就缩到尘埃处一样了。云是薄薄的，纤细的，不似夏日堆得那么厚，一坨一坨压得天空都闷闷的。

到了秋天，风也是清爽的，它们透过树影的婆娑，穿过各种缝隙吹到你的身上，全身都觉敞亮亮，痛快而淋漓。

故乡的秋天是大方的，它会把秋声、秋味毫不吝啬地给你，绝不会扭扭捏捏，欲说还休。

说罢了秋风，再说秋雨。都说秋雨不沾衣，没有春雨的缠绵，没有夏雨的滂沱，秋雨更像知性的女子，点到为止，飘然脱尘。

秋雨，还带着一种淡淡的凄冷，仿佛一下就能将人的心淋透，根本容不得你迟疑或是回避。秋雨下过，几丝落寞便染了心怀，它是那么具有穿透力，世间万物在它的洗礼之后便有了另一番的心怀。

点点清愁到底是有的，地上的小草零零落落，有的枝叶已发了黄，近了枯，一副病恹恹的样子；那些盛放过的花朵也蜷缩了身子，无精打采；树上的叶子老气横秋，迟钝而笨拙。看起来，秋天好像有很重很重的心事。不过，这依然难掩故乡秋日的深蕴。

收获的日子，带着饱满的笑，带着沉甸甸的欢喜，将整个村庄过得忙碌而愉快。庄稼就是一个秋天全部的喜怒哀乐，除此，一切不过是云烟。庄稼人要的就是那些实实在在揣在兜里，摸在手上的快乐。

秋日的天太短了，短得让乡亲们恨不得有一双可以拉长它的手，拉得越长越好。人们等不及天亮就赶上自家的小驴车向地里出发了。那些茂密的黍子、谷子低着头，弯着腰就像排好了队等待被主人接回家似的。那得赶紧割倒了拉回去啊，要不然秋天的雨催得紧，若等到果实被摔落一地，那一年的希望就碎了。还有玉米一个个垂了下来，它们已急着性子要把丑陋的外衣褪下，露出黄灿灿的身子。豆子也张开嘴了，土豆的苗儿也枯得快找不到影子了。

秋天，就得争分夺秒，寸寸光阴都是金。

我最喜欢的便是碾黍子，可以躺在场面上晒秋天的太阳，很暖。父亲用长长的鞭子挥舞吆喝，另一只手中牵着的缰绳时紧时松拉动着，倔强的毛驴在他的指挥下一圈圈地重复着，它拉动着笨重的石碾，也将秋天的喜悦碾制。

黍子长长的秸秆垫在下面，如同大自然铺就的一张温床，我就躺在上面肆意享受着秋天的爱抚。我也曾学着大人的模样，嘴里叼一根细枝干，跷起二郎腿，眯着眼，好不惬意。母亲时不时过来监督一下，她喋喋不休地说东到西，父亲有时会听，有时也会反驳，后来他们就难免起了争执。

这些琐琐碎碎的烟火日子曾一度灌满了我年轻的耳朵，它们趁着秋天的风，也把一种别样的幸福吹进了我灵魂的最深处。

当白花花的黍子堆成了小山，滑溜溜，光亮亮，我真的好想把整个身体扑上去，陷进去，然后让它们将我拥抱，深深地拥抱。这是秋天的魅力，那一番宽广与无边，总能不自觉将我们吞没。

起场的时候，大袋小袋紧紧挨着，父亲弯腰、起身，簸箕高高扬起，黍子"哗啦啦"像流水一样就进了袋子，我总是那个撑口袋的人，那清脆的响声至今在耳边还清晰如昨。

母亲抓起一把，放进嘴里一颗，咬一下，然后笑着说："这黍子干好了，干好了。"干好的黍子响声更脆更大，预示着可以直接入仓了，而扬起来声音有些沉闷的，那就是没有干透，等有空闲了还得选阳光晴好的日子好好晾晒。不谙世事的我，总是难掩无比的激动，看着那些挤得密密麻麻的袋子，身体的每一个细胞也欢跳不停，我开始数：一、二、三……结果换来母亲大声地呵斥。她说越数会越少的，她还说以前在姥爷家起大场的时候，女人孩子都不让进场面，就是场面上的人也不让随便乱说话。每每起场的时候，还要炸油糕。

那是多么隆重的事情啊，秋天的丰收在庄稼人眼里是多么盛大而严肃，又是多么值得敬畏！

最后，我吐了吐舌头，再不敢乱说话，只静静看着那些袋子越来越多，然后听着黍子清脆而响亮的落下声。

我喜欢故乡的黍子，尽管它是产量很低的一种农作物，但它耐高旱，而且无须多么肥沃的土壤，贫瘠之中它依然可以顽强地长高长大。母亲的唠叨中，黍子就是一道长长的岁月，从苦难中走来，苦尽甘来。嫁给父亲，连一顿像样的饱饭也吃不上，带皮的粗糙的黍子糕喂养着她们的穷困，支撑着她们前行。

那些年，那么苦，家乡的亲人一样吃着难以下咽的黍子糕，就是这看似低贱而廉价的黍子，滋养着故乡。如今黍子也精耕细作，不仅再不用吃带皮的黍子糕，还可以做成香味悠长的油糕。生活变好了，但是人们永远不会丢弃黍子，它像一座不起眼的牌坊永远立在那里。

故乡的秋天，还有西瓜。一把手抓下去，鲜红的瓜酿便糊满了手指，你并拢一下，手指和手指便有了粘黏的感觉。它很甜，甜而不腻。于是故乡的西瓜小有名气，也于是成了人们支撑生活的一种重要经济来源。

卖西瓜的时候，热火朝天，一伙人钻到西瓜地，摘得摘，吃得吃，打开一颗不好，扔掉，再打，直到挑到熟透的，也是吃了两口就扔一边儿了。丰收，也是可以偶尔任性的。其实庄稼人是很大方的，秋天，总是让他们的大方更加淋漓尽致。大的西瓜卖完，人们就开始把小的装袋里，然后运到家里等着送亲戚朋友，或是自己吃。夕阳的余晖，映在憨实的庄稼人脸上，那些笑容更亮堂，更美丽了。他们带着卖了西瓜的欢喜，揣着一沓钱，赶着小毛驴，平车上还堆满了七大八小的西瓜。

故乡的秋天，到处可见这样的喜悦，遍地都是欢喜。

自古逢秋便寂寥，而故乡的秋，哪里顾得上愁，顾得上感慨那些花开花落？收获永远比感叹更让人向往，更具有生命力。

如若可以，邀你来故乡，在一片秋色浓浓时。看一看故乡的蓝天、白云、清风，再听一听秋雨，最好是能投身到秋忙里。

故乡，山西应县的边耀，边耀夕照很美，我想秋日的夕照更美！

故乡的冬天

　　我总想找一些词语去描述故乡的冬，可终不能如愿，也许还是学识稀薄。故乡的冬天如同一个褪尽了繁华，安静而孤寂的老人。将所有的美丽交付，最后过成不悲不喜的模样，守着光秃与干瘪，将沧桑的过往一一隐藏在心底。

　　天地之间，深沉与隐忍不过如此。开要开得热烈，谢就谢得干净。从此，满眼再无半点绿色，决绝之后，依然是沉默与高傲。

　　故乡的冬天，孤寂深深，可又难抵美丽朵朵。所谓的水瘦山寒，所谓的枯株朽木不过是眼里浮动的风景，而风景之下，往往隐藏着更加深刻的世界。

　　忙碌了大半年的庄稼人，终于可以歇歇了。老婆孩子热炕头，幸福不过如此。家家户户院子里堆满了玉米棒子，它们就被圈在铁丝围成的圃中，透过缝隙依然看得见它们黄灿灿的样子。粮仓也堆得满满，各样的粮食各占其位，密密麻麻而又错落有致。有的闲房还吊上一些肉，放着冻好的豆腐、粉条、白菜。墙根下一摞一摞的柴火整整齐齐码着，有的是劈好的木柴，有的则是野地拾回来的树枝。一群鸡来来回回，一会儿低着头在土里狠狠地啄，不知道想要找寻到什么可食之物，一会儿又你追我赶，翅膀"呼呼"地扑腾着。最可恨的是它们总是把脏兮兮的粪便拉得到处都是，没多久就冻住了，院子里到处是凸起的这样硬硬的脏东西。那只拴着的黄狗跳上跳下，眼神迷离，"汪汪"乱叫。家里，燃起一个火炉，火炉下面会放一些小而匀称的土豆，时不时散出淡淡的香味。女人就坐在炕上，手里拿把剪刀，然后将一堆旧布裁成大小不等的块状，她来来回回比画，最后从针线箩中拿出针开始缝制，一边缝一边琢磨。偶尔有猫想要钻到布下取暖，被她拍了一下就吓得跑到炕头，蜷缩着身子，眯着眼睡着了。阳光透过玻璃洒了进来，散散漫漫的，却暖融融。最后，各色的布拼成了漂亮的图案，或是挂在门上，或是吊在玻璃外面，将严寒挡住。庄稼人是很有智慧的，庄稼人也很节俭，他们有一双闲不下来的巧手，创造着生活，也创造着朴素的美。

一道炊烟升起，在傍晚的寒风中，你若看着那些花花绿绿的窗单，不由便是满怀的暖意，一缕灯光透过窗户纸，将家的味道就满满映了上去。

冬天的故乡，闲适而安逸。乱且乱些，却乱成了心上最美的念。男人们喜欢聚在一起玩个小牌。在中午或是傍晚散场的时候，经常看到他们成群结队，缩着身子，将两只手用力蜷进袖筒，北风穿堂而过，寒冷让他们不得不把头低着，脖子缩着。他们边走边议论今天的牌势。

冷，是故乡冬天最突出的景致。本就厚实的北国之土在严寒的肆虐之下变得更加生硬了，路上随处可见冰面，但凡有一滴水落下，就会马上冻结。大棉袄、大棉裤、大棉帽、笨重的棉鞋，还有厚厚的羊皮手套一度是故乡的原风景。口里呼出的气清晰可见，路过眉毛就变成了薄薄的冰霜，清清地，细细地；还有那张红通通的脸被寒风抽打之后还有微微的疼意。在冬天，不管穿得多厚，总感觉寒气是逼人的、霸道的、势不可挡的，它会穿过每一个毛孔长驱直入。

冬日的天是短的，短到几乎仅有吃饭穿衣的时间。早晨，懒懒地，不想起，花布缝制的窗单子真厚，除了严寒，还将阳光堵了一个结实。要不是听得院子外面的驴啊羊啊一遍遍刨门、叫唤，恐怕一直不晓得日上三竿了。其实我不太喜欢那个窗单子，在没有它之前我可以看到许许多多的冰窗花。一到数九寒天，天气最冷，常言道"大寒小寒冻死老汉"，那个时候外面没有厚厚的花布单子遮挡，寒冷就扑面而来，全算在了玻璃的头上。每天早晨一睁开眼，便惊奇地看到玻璃上各种各样美丽的图案。像树吗？不像。像山吗？不像。又好像是一条曲径通幽的小路，哦，还像一个人，小小的人儿走在宽广的大路上……那是大自然的神笔，是大自然绘就的一笔水墨丹青。至今，我依然深切怀念那些精致的画儿，不经意它们就晃悠悠闯到了脑海里。我曾一遍遍用细小的指甲在那些冰花上划拉过，写过一些人名，也写过一些新学的汉字。没有想到经年之后它们竟一起怀藏在我心底最深处。

说起冬，怎么能忘了雪？雪是冬天最美的精灵，只有它才能把冬天晕染得活泛些，让冬天也生起了诗的韵脚。白茫茫的雪啊，铺天盖地地落，若柳絮因风起，曼妙又婀娜。看树上、地上、屋顶、墙头全是雪啊，全是白，好一片银装素裹。雪后的村庄，苍茫而干净。它用洁白的身躯将世间尘埃覆盖，也暗暗将来年的希望酝酿。没有下过雪的冬天，则显得有些空洞而凄凉。下过雪，鸟儿们没了觅食的地方，这就是套麻雀最好的时候了。给它洒点粮食，支一个草筛，经不住诱惑的麻雀往往会中了圈套被严严盖住。

　　除了这些，我最喜欢的是下过雪后，我们一伙孩子戴着厚厚的手套一边上学一边捧起路上的雪，要么是吃几口，要么攥成圆形，说那是鸡蛋，还要比比谁攥得多。脸早已冻得通红，严重时候鼻涕也会落下来，抬起袖角抹一把，继续玩继续闹，脚下的雪发出"咯吱咯吱"的声音，我们的心里也有按捺不住的兴奋与快乐。下雪了，平时能晃悠的人也得耐着性子待在家里了。温一壶老酒，削上二两自养的羊肉，炖一块自家豆子做成的豆腐，热腾腾的气冒出来，满家都是浓浓的香味儿。做饭升起的热气落在玻璃上，雾腾腾的。仿佛一道厚厚的壁垒，将外面的严寒完全阻隔。故乡的冬天其实并不寒冷，一家人在一起，烟火缭绕，岁月静好便是最温暖的事。

　　一家人就坐在炕上，吃着，说着，看着电视。地上，是烧得红红的火炉，炭火"噼噼"地，放在上面的茶壶"咕嘟咕嘟"地响，烧开的水汽从盖子还有壶嘴争着往外冒。

　　你看，这是多么温馨的岁月啊。

母爱，生命的永恒

好几次去北京，都想去地坛看看，但每次还来不及走到地坛的门口，这个念头又被我硬生生压了回去。

史铁生说除了几座殿堂还有那个祭坛他不能上去，地坛的每一棵树下，以及每一米草地上都有他的车轮印。那个时候他是多么颓废与悲伤，在最狂妄，也是最美好的年纪，他失去了双腿。他曾经在那座园子中一遍遍想活着与死去，也想快乐与悲伤；想爱情与病痛，也想远方的渺茫与现实的无奈。

他翻江倒海一样的矛盾与纠结磨坏了他的脾气，也把他变得沉默而忧郁。

然而，这一切苦难砸中的又岂止是他自己？用史铁生自己的话说，他一心以为自己是不幸的，却不知儿子的不幸在母亲那里总是加倍的。他情绪不好，发疯般地独自摇着轮椅跑到地坛去，他的母亲明明是不放心，却又因为他的不情愿而只能默默地为他准备，扶他上轮椅，然后静静看他摇出小巷。

我能想象到那个逼仄的巷子中那位坐卧不安的母亲，她焦急、担心，她也惊恐，可是她又无法时时参与儿子的世界。她想给她的儿子足够的时间去舔舐伤口，去抚慰破碎的灵魂。只是这份等待是如何漫长与煎熬，定是无人能体会。

她一生唯一的儿子，在 20 岁出头的时候突然变成了残疾，无疑是在晴好的天空炸起一记响雷，震得世界都摇摇晃晃。可越是在这样的时候，作为母亲反而要变得更加强大。纵是曾经柔弱如水，瞬间也要变得伟岸如山。因为母亲要成为孩子的依靠，她必须用加倍的坚强来保护她的孩子，而那些劈头盖脸抛给她的苦，她必须狠命地咽下。

儿子可以抱怨，可以发泄，但她不能。

史铁生在他的书中说，他会突然砸碎玻璃，会无端把手中的东西摔向四周，他痛苦，他甚至不想再活下去。可母亲每次都是躲在一边，等到他安静下来又来劝说他。她抱紧他哭着说，咱娘俩在一块儿，好好儿活，好好儿活。

他在园子待久了，母亲就会跑去找他，可找他又不愿让他知道，在远处看到他好好的，便悄然回去了。那座园子，有多少史铁生辗过的车轮印，就有多少母亲焦灼的脚步踩过。

直到他的母亲去世时，口中依然念念不忘她生病的儿子。就算爱得再苦，可她依然舍不下这个在尘世中辗转的孩子。

所以，我一直没敢轻易踏入地坛，因为那里会让我想到那位母亲，我是心存敬畏的。地坛于我来说，与历史无关，只记录着史铁生与他的母亲。

母亲，就是天使，从天堂来到人间，只为守护她的孩子。

任何一个生命的诞生，都来自于母亲的恩泽。她把我们带到人间，用生命的乳汁喂养着我们一生的时光。孩子，无休止地榨取着她的年轻和美丽，等我们终于长高长大，没过她肩头的时候，是不是会为她的苍老而漠然？那都是为了我们啊，为了我们活得灿烂与明媚，为了我们活得好些，再好些。

我的母亲家里有一个红色掉皮的妆奁，小时候我一直很好奇，好几次问母亲那是做什么用的。母亲只轻描淡写说是出嫁时候带过的放梳妆东西的盒子，她们叫梳头匣，现在那个妆奁还在，就放在西房的柜顶上，上面蒙满了尘土，真的成了旧时光中一件十足的旧物。然而我已不敢轻易打开它，怕那里藏着的一大把记忆将我击中。怀抱着妆奁出嫁的母亲，青丝绾结，唇红齿白，明眸皓腕，她年轻的容颜与那妆奁一般鲜红而明亮。

那妆奁，定有母亲少女的粉红色的梦，也有她水样的年华许下的对生命的热忱。那妆奁，多像母亲年轻的时光啊。

记得母亲年轻时很爱照镜子，对着镜子一遍遍梳理着黑亮的发丝，端详着那个年轻姣美的自己，脸上浮现了满意的微笑。我还无遮无拦地嘲笑过她。但不知道什么时候，母亲不怎么照镜子了，她的一头乌发仿佛在一夜之间被光阴染白了，她的容颜也爬满了皱褶。

以后，就算我把镜子放到她的跟前，她也无暇。母亲再无法把自己静成空中皎月，她有那么多的爱等着去付出，她的心没有为自己空下一席之地，满满全是她的孩子。可我是多么希望她能闲下来好好看看自己，读读自己啊。

我的母亲，爱孩子爱得很过分。我常想，她的爱犹如一壶烈酒，由不得你愿不愿饮下，她却自顾自就要给你。入口是有些灼人，然而在经年的回味中，却香醇无比。

现在，我基本不敢翻阅母亲以前的照片，怕看到她笑靥如花的年轻，也怕看到她风仪玉立的身姿，更怕看到她那一头乌黑的发。那个身影在几十年前曾是我们所有的依赖，我们总愿紧紧牵着她的手，她的手指间便是我们所有的天和地。时空倒置，而今当她用迷茫的双眼在我们的世界探求欢乐时，当她蹒跚着，力图再次牵着我们的手寻找生命的安定时，我顿然泪眼迷蒙。

母亲，你的老去如此凄然，如此让我无所适从。然而，就算苍老，依然无法停下她的爱。母亲的爱总是太重，太重，以至于每每提笔，总要落泪。

一遍遍叮嘱，一次次目送，一点点牵挂，她是那么忙碌。生命不止，爱便不息。

年轻时，她爱自己的孩子，年老时，又要爱孩子的孩子，这一生，她总是忘了爱自己。我的母亲爱得高调热烈，浓郁深重。

无论你惆怅或是迷茫，请把心靠向母亲，那里会有最好的解答，给你最安全的护佑。无论你长到多高多壮，在母亲的世界，你永远是一个可以任性的孩子。

是啊，任性地以为母亲的爱就是那么理所当然，以为母亲总会是地老天荒的。史铁生说直到母亲去世他才明白，在他痛苦地任性发泄的日子，母亲是如何隐忍地坚守，又是如何在无数个黑夜白天中煎熬，她甚至没说过一句"你为我想想"。其实，做孩子的在因了母亲的宽容肆意妄为时，有几个是认真地为母亲想过？

在我们的心里，母亲就该是强大的，坚不可摧是她的常态。可我们是不是忽略了她一样有惊慌、害怕、委屈，也有流泪的权力？母亲一样是这红尘里凡体肉胎的人，凭什么只因她被冠以了"母亲"，便要活得超凡脱俗，活得那么盛大？

只是，谁又能想到，光阴在尘埃里一步步穿行，有一天，我们竟也不知不觉把自己变得那么强大起来。我们毫无意识，却又仿佛是意志坚定地接下了上帝赐给的这枚令牌。我们从母亲的手里挣脱，然后牵向了一些更稚嫩的手，他们叫我们为"母亲"。

这番传承，怎么都说不清，也悟不透，却如影影绰绰的星光，永永远远挂在天上，俯瞰人间，看遍世情。

一盏遥远的心灯

我一直记得母亲说正月十六游百病，有事没事也出去走走，预示着一年健健康康平平安安。为此，在并不充足的时间之内，我们一家三口去登了广武的明长城。回来时，已是华灯成林，晚上七点多。虽说立了春，可这座北方的小城还是早早就蜷缩在夜的怀抱，六点多一点太阳已躲到了西山根儿。

看样子，是有些迟了，索性，我就提议给他们做一次"串饭"，连吃带喝一起解决。准确地说，我也并不知道这个"串"字对不对，只是以意而译。

要说这"串饭"还是父亲拿手。每年初二的早上，我们还在暖乎乎的炕上睡得香甜香甜，一股饭香就幽幽窜到了鼻孔，刺激着味蕾。我一骨碌翻个身，把头探出被窝，虽然眼皮还没有完全拉起来，可已经看清楚父亲两只袖子挽得高高，左手掌平放着半块豆腐，右手操着菜刀，然后慢慢把左手的豆腐一刀一刀切成很小很小的块状，最后把它们一齐放到锅里。灶台上的大铁锅已是热气腾腾，隐隐约约看到大半锅汤里飘着一小圈一小圈的油花。接下来，他又从堂屋的正面取回来一盘菜，那是初一早上接完新神的菜，一共五样，还要把海带丝切得细细放进去。最后放点咸盐，再放点姜片，捏一小撮香菜，这就算大功告成了。这时候，他就要喊我们快起来了。很快被子全叠了起来，炕收拾干净，父亲把衬炕的小油布一铺，锅座一放，笨重的大铁锅端了上来。这时候正好初晨的阳光洒了进来，它与锅里的热气绞缠在了一起，雾腾腾，好似云里雾里，又好似随着这热气向家里的每一个角落奔散而去，处处弥漫着阳光的味道。一家五口人，我，两个哥哥，还有父亲母亲，自动围成半圆，碗和筷，筷和锅，"叮哩当啷"碰个不停，我们说东道西，胡说海侃，所有的一切是亲密的、亲和的。

鸥问我，妈妈，这"串"饭的"串"是哪个字？我笑了笑，有点尴尬，这是老家的方言，直到现在也没有发现那个可以将它大大方方推荐到众人面前的字，我也只能权且以一个"串"字来代表。长久以来，我总认为它的生成是一种民间的创意，是各式菜的自由组合，有些粗糙，也随意。

秋天打下的菜籽炸了油，香喷喷，锅里滴几滴，然后炝上花椒大料，再放点葱花，这葱也是秋天时收完，冬天栽在盆里，一个劲儿冒起来的绿叶嫩油油真馋人。最后，倒上水，烧开后，再把菜放进去。对了，还要倒上自家酿好的酱油，每年冬天，母亲就把一盆酱放地上，经过什么手续我忘了，但总要沥上那么好几天才能制出满意的酱油，然后把大铁锅里再放上调料、红红的辣椒，那个熬啊，熬啊。浓稠而香滑的酱油出锅时，母亲总要舀上点，放在唇边品咂，然后脸上堆满了笑。

很快，我的"串饭"也做好了，一家人围在饭桌前，开始狼吞虎咽吃起来。说起来，这饭也就要狼吞虎咽才能吃出感觉来，吃着吃着，热腾腾地冒出汗来才叫够味。一边吃，一边给他们讲父亲的"串饭"，鸥有点好奇，鸥的父亲说他小时候并没有吃过。这样，我就有点得意了，然后索性又讲了父亲的几样拿手饭，最后竟然说到了元宵节上山"烧荒"。

烧荒，顾名思义就是点火。正月十五、十六晚上，街上有跑船灯、扭秧歌的，锣鼓喧天勾引得人蠢蠢欲动。吃了晚饭，父亲就从街上提两捆玉米秆上了山，我在后面凑热闹，也提一捆。山就紧邻我们家，出门往东就直接可以上山，山上有一块特别大的赭红色的椅子状的石头。父亲就把柴放到石头不远处，划一根火柴，瞬间，熊熊大火就燃了起来。山下的村庄被照得亮了起来，街上看秧歌的人们也喧闹了，都朝山上看过来，不一会儿有很多腿快的孩子也跑了上来。有的孩子甚至也带上了柴火，还有的从一边捡起很多树枝，闹闹嚷嚷，火光通天，我们烤着，笑着。母亲说父亲就爱"办杂技"，像爷爷。办杂技的意思就是没大没小，不够成熟。父亲可不那样认为，他说那是烧去旧一年的不好，预示来年财旺福旺事事旺，红红火火交好运。总之，我是喜欢的，且每次一逢着"烧荒"，就特别有精神。

说完"烧荒"，我又想起了"点灯碗"。灯碗，大抵就如现在各样的彩灯吧？我们小时候可没有现在这么绚烂，五光十色，各种彩灯琳琅满目，那时候恐怕就是靠那些人工的灯碗才能把个节日烘托起来吧？年前买好各种颜色的纸，红的、黄的、蓝的、粉的、紫的等等，花花绿绿真是好看。父亲会锯好一些碗口大小的圆木块，约有二厘米厚度。到了正月十四那天，将它们拿出来，把纸裁成长方形，高度约15到20厘米，长度为正好能围木墩一圈就可以，为了好看，还可以把其中一个长边剪成锯齿状。接下来就是将锯齿状那一边抹上浆，粘到木墩边。这样，灯碗的框架就出来了，剩下的就是画龙点睛之笔。找几个比较工整的土豆，掏成一个圆洞，倒点油进去，把用白线捻好的绳子当作灯芯放到油里。最后把土豆灯小心放进糊好的灯框里，五颜六色的灯碗就做了出来。烟囱边、墙头、门头都要放，有的人家还会放到房檐，远远看去，昏黄而朦胧，却如点点星光照亮了庄户人家。我确定，那些灯碗是我小时候见过最漂亮的灯，每次往房顶放的时候，父亲都要嘱咐哥哥们小心点儿，怕走快了，火焰随着风猛一用力就把纸点着了。他们虔诚而小心地举着灯碗，在昏黄的乡村夜色中充满了仪式感。当然，灯碗还有一个意义就是十五的晚上，会有人偷走你的灯碗，传说偷走灯碗的人会在来年顺利生下想要的孩子，红的代表男孩，绿的代表女孩。还有就是后来的土豆灯被蜡烛取而代之，更方便了些。

要不，咱也做灯碗吧？就做几个，找找儿时的感觉。我煞有介事，一脸兴致地说。他说，你也勤快？人家是往房顶放，咱楼房怎么放？看得出他是有意推托。我又说，咱就放窗台啊，11层高的窗台还不比平房顶高？再说了咱就是玩玩，也让鸥看看，她肯定没见过。最后还是我比较固执，决意第二天买几张纸。到了第二天，忙来忙去，竟然忘记。眼看着元宵节缓缓闭了幕，这个小小的心愿也无声地画上了句号。

我不想说关于乡村的一切都是无与伦比的美，在世界的任何一个角落都存在着良善与美好，也同样隐匿着丑陋与不堪。我承认在人到中年时喜欢上了回忆，乡村生活几乎占据了我所有的回望。然而不置可否的是如果让我再次回到乡村，我不能，至少现在不能。我依然无法用整颗心去接纳乡村的一切，而今我们如此无数次地回忆，或许只是在努力打捞生命中那些纯真与淳善，是对人性的回望。这些年，不知道怎么就走到了这里，虽然人还是这人，然而最初的心已在成长的路上被强行冠以各样的色调。

这些天，还是有些心痒难耐，糊灯碗，成了一件长长的心事。我想，来年元宵节，定然早早做好一切准备，把五颜六色的灯碗放上窗台，让它们照亮每个角落。这也是心上的灯啊，包括那些琐琐碎碎的回忆，那些带着传统而朴素的往事，从遥远的岁月一路照来，最终照向更远的前方。

无妆爱

　　我有点咳嗽，不知道被什么东西卡在了喉咙上，一阵紧过一阵。正在做作业的鸥慌忙跑过来，一脸茫然，眼睛里装满恐惧。她问我怎么了？我说没事，过一会儿就好了。然后，她才慢慢离开，看得出她还是不放心。

　　她是我的孩子，与我血脉相连，这种亲情浓得无法化开，注定是一世都难于脱离的宿命。

　　已经是夜里一点多了，眼睛发困，头也有点痛，但还是翻来覆去睡不着。父亲的诊断结果像一块沉重的铅被压在心头，搬不动，挪不开，再想到明天是姥姥去世三周年祭日，眼角便有了管不住的泪流下来。

　　后来，不知折腾到几点才睡着，但六点多就得赶紧起床，一百多里路程，中间还得停留两三站去接母亲和几个姨姨。虽然已经是初冬，阳光却明媚无比，车窗外的世界也是暖洋洋的。母亲和姨姨们一见面就有说不完的话，难怪世人总说"亲如姐妹"。我独自端详着沿路的风景，树干已经光秃秃的，偶尔有几片叶子挂在上面，却单薄得仿佛一口气就能弹落掉。

　　真快啊，一晃就是三年，姥姥离开我们整三年了。那年今日，寒风刺骨，天人同悲，我永远忘不掉走进那个熟悉的巷口，看到白衣缟素的舅舅们时，一腔悲痛喷薄而出。更不能忘记童年时光中，慈祥的姥姥如何爱过我，教我懂得人世间的温暖总是无处不在。

曾经心痛地哭过，刻骨地思念过，当时光与记忆渐行渐远的时候，其实内心深处的那份深情永远挥之不去。我不时举起手里的鲜花嗅着，黄色和白色的菊花被卖花人喷过水后显得更加娇嫩水灵。捧起它们，心中低低呢喃着：姥姥，我们来了。就像儿时依偎在姥姥怀里的亲昵，此时我与这束花亲密无比。

到家时，已经是 11 点多，先回的四妗迎了出来，她握着我的手，笑眯眯地说："俺娃来了。"

自记事起，每次走进那个熟悉的院落，总有人走出来，那副微笑的样子，仿佛是姥姥，又仿佛是妗妗们。她们的影子重重叠叠，在岁月里汇成一股暖流，温暖着远来的我。

进了东窑，大妗和三妗正蒸出一锅糕，二舅坐在地上的小板凳准备拉风匣，添火。桌子上已经摆满了做好的凉菜。到了西窑，姥爷在炕上坐着，姨父们随之也脱了鞋，坐了上去。姥爷脸上的笑就像开了一朵花儿，他说，俺娃来了，冷不冷？那边，二妗正往盆里舀菜，大铁锅里热气腾腾，她一手拿着勺子，一手用筷子拨撩。

锅里的热气将窑洞笼罩得雾气朦胧，锅碗瓢盆的撞击声以及人们的说话声混杂着，鼎沸着。

四舅说大表哥一会儿也回来，就先吃饭吧，吃了饭等他一起去上坟。

东窑炕上坐满了人，大家都在捏油糕。大妗说，三周年祭日，一定要全部捏成圆的。我不知道这古老的民俗规矩从哪个年代传承下来，但依然愿意遵循着，延续着，时时提醒自己要对传统无比敬畏。

就在这炕上，三年前，姥姥安静地走了，她带走了这一世与我们的缘分，也把长长的想念带走，从此阴阳两隔，绵绵无期。姥爷俯在她的身上，低低呼唤着她的名字，他嘤嘤哭泣的样子像极了一个失去母亲的孩子。

这个黄土高坡的人家，这一些像黄土地一样淳朴的人，从小就让我见证着亲情的美好，在无比的爱里快乐地成长着。他们的世界永远是手足情深，骨肉相连，暖意融融。

即便生活不尽如人意，坎坷难行，想起他们，就如同携得一缕阳光，在困顿的日子依然有前行的勇气。

就算某天一无所有，至少有这些亲人，我深知他们永远是这世界上无条件爱护着我的人。于是我坚信，我性格中的善良与温情多是来自他们的言传身教以及平时的耳濡目染。

到达坟地的时候，恰是姥姥去世的时间，下午一点多的阳光正恣意地暖着。可就算这样，荒草萋萋，风拂过耳畔的时候还是感觉到了一种苍凉。

贡品放到墓前，燃上香，一群人跪下去，今生与姥姥的牵绊也仅此而已了。

母亲姨姨们俯在土坟上，哭声连连。无论多大，在母亲跟前也是孩子，会想自己的妈。而父母与子女的缘分就这样在每一次相见后，一寸寸薄了下来。幸得，这一生有缘，而来生，再见已然陌路。

我跪在风里，听着母亲声声悲情的数落，她说让她怎么去想姥姥？说姥姥活的时候没享过多少福。她愧疚，她悲伤，她的想念被撩拨得无处安放。

眼泪顺着脸颊流了下来，伤悲哽在喉里蓄势待发。我抬起头，用袖角擦了擦眼泪，可胸口有一股重重的力量依然是要呼之欲出。我知道，一旦爆发，眼泪就会泛滥，疼痛也会将那个山坡蔓延。

看着母亲她们悲伤的样子，我忽然觉得人生世间，最重不过父母与子女间的血肉相连，那种无法说清的情感是足可撕心裂肺的。荒凉的山坡除了我们，再没了别人，四舅在坟地周围转来转去，黯然的眼神，悲伤的面容，这一切更让我无法抑制内心的情感。想念的忧伤，以及这些日子以来对父亲的心疼，像两股汹涌的巨流凝结在一起。

父亲蹒跚着，他找了一根棍子慢慢挑起燃烧的纸钱，因为劳累过度，刚刚检查出他腰椎出现了问题，已经压迫到神经。我们都知道，这一生，他太苦太累了。生活的重压像一座大山压了他几十年，他苦苦跋涉在茫茫人海，用尽所有的力气去热情地生活。终于，日子好过了，他却像被掏干养分的大树渐渐枯萎，甚至要倒下。

母亲说，检查结果出来的时候，二哥哭了。小的时候，父亲多像巍峨的大山，我们踮着脚尖也难攀上他的肩头。那个风华正茂的父亲，那个怀揣着一个当兵梦的父亲，那个在四季中勇敢前行的父亲，如今像寒冬的风里瑟瑟摇摆的枝条，让人禁不住想要紧紧拥他入怀。

父亲天天盼着我们长大，盼着我们有出息，他总说家有千金万银不如养了好子孙。瞧，他是多么睿智的一位老农民。我的父亲一生平凡，却用无言树起了生命的丰碑。他用骨子里的坚韧告诉我们，活着就要坚强。父亲就像一个虔诚的垦荒者，在贫瘠的生活中年复一年，日复一日。他任劳任怨，乐观豁达，是他给了我们生命，也给了我们善良的品性。

如今，我们已长大，他却老了，老得让人心疼。

多想，父亲还是年轻的样子，还是那个穿梭在山间与田野的活力四射的父亲，可时光无情何曾放过谁？

我相信，我们每个人都因爱而活，正是因为这些浓稠而真挚的爱；因为懂得爱着人，也被人爱着，生命才得以丰沛而美好。也正是因为这些无妆的爱，我们才活得更加幸福，有了更多的感动。

我们要走了，鲜花放在姥姥的坟前，叩一头，再叩一头。黄天厚土，叩不尽生命的恩情。

父亲走在我前头，看着他的背影，我忽然想起了龙应台的《目送》。此时，他是想要告诉我些什么呢？

青色

　　小的时候，就知道母亲痛恨与黄土地打交道的日子，她没有一天停下离开的念头，可也没有一天停止过耕耘。现实与理想在无数次的对碰过后，母亲还是把她的青春岁月以及所有的热情给了黄土地。她就像一个在生命的河流中苦苦跋涉的纤夫，逆流而上，挥汗如雨，苦苦地负载着肩上的沉重，她无法选择放弃，只能低着头一步，一步艰难地朝前走。

　　我以为，生命的路是如此惨烈，如此沉痛。以至于多少年来，我一直悲悯于故土上苦苦劳作的乡亲，以及千千万万社会底层的农民。

　　母亲喋喋不休地抱怨就是我看待生活的依据，还有自小耳濡目染的一切，父母劳累的身影，疲惫的叹息都成了我日后走出乡村的理由。

　　以为走出之后，便永不回头。那灰扑扑的日子，满身泥巴的味道，以及杂乱而错落的一切再不会让我生起一丝的怀念。可生活转了一个圈，像是和我开了一个小小的玩笑，不知道哪一天，那些陈旧而熟悉的乡村记忆却瞬间被惊醒，而且势不可挡。

　　想起了莫言说过的一句话，你可以恨故乡，也可以爱故乡，但你永远无法脱离它。

是的，无法脱离。

千帆过尽，选择在一个晴好的日子，安静地坐于故乡的风中，我突然明白为什么故乡终是挥不去的念，也明白为什么母亲念叨了一辈子要离开乡村，可却依然用最饱满的姿态经营着那些烦琐的日子。

因为那一地的青色吧？就为那一地青色的召唤，便愿用尽生命的澎湃，迎着大风，迎着烈日，纵不能把生命的模样勾勒得兴高采烈，至少无法拒绝它清脆有力的声响，它是那么具有穿透力。

春天来了，满眼都是希望与惊喜。我们无法丈量庄稼人幸福的距离，但那一片青绿绿的庄稼却是最有真实感的。那是从他们手中播撒下的种子，当那些种子破土而出，然后苍翠青郁的时候，整个世界就是他们喜悦的疆域。

这一点，我是深有体会。

全全哥三番五次打电话，催着我快点回去刨玉米苗。他说再耽搁，这一年的收成就全坏了。那一亩三分地是我主张要种的，我不能半途而废，更不能束手就擒成为乡亲们的笑话。刚种下的玉米在经过一场雨之后，表皮的泥土结块，生硬，以至于稚嫩的芽儿无力顶破土层。

放眼望去，整块地稀落落没有几棵玉米苗，趷蹴在地上，拔拉开表面硬硬的土层，开始一棵一棵地往外刨。果然，有的正顶着尖尖、嫩嫩地芽儿往外冒，看起来生命力还是很旺盛的；而有的已经长出了很多叶子，只是蜷缩着身子委屈地被压在土层下，我就轻轻地把它伸展开，然后再围点土；有的刚刚开始长叶，但明显力气已是不足，像受气的小媳妇一样无奈地立在那里，它头上沉重的土层让它望而生畏了。

　　每次掀开土层，看到稚嫩的玉米苗，心里都有一种说不出的成就感，仿佛拯救了一个个生命，我就如同是大地上的天使。但田间的劳作无疑是繁重而辛苦的，两天下来，我已经无法正常行走，腿无法打弯，腰酸背痛，回到城里倒头就睡。毒辣辣的太阳晒着，还时不时有风刮起黄土泼了一身，整个人灰头土脸，到后来我竟不想把那身土衣服穿在身上，畏惧了再到地里。然而，只要想起那一棵棵被解救的幼苗，想起它们渴望的眼神，便再按不住性子，我怎么忍心见死不救呢？看着它们慢慢伸展着身子，肆意吮吸着阳光与自由，看它们途经我的视线，然后奔向四面八方的欢喜，我总感觉那是特别有意义的。

　　而最快乐的，莫过于所有的苗儿被全部拯救以后，没过几日你再去，站在地头望去的那份舒畅与自然。那满眼的青绿在风中翩翩起舞，它们齐刷刷地扭动着腰肢，在无边的旷野中，它们面带微笑，活力四射。

　　那一刻，你更觉生命的浩瀚，偌大的天地间，长满了青绿的颜色，那是希望的色调，是大地的承诺。有了这一片青色的绿，才能长出一个丰收的秋天，才能长出五谷丰登，长出庄稼人年年月月的希望。

　　只为了那一片希望，付出多少，都是值得。

　　人这一生，不外乎是为了希望而活，没有希望的日子就如同没有灯光的暗夜，终将会在黑暗中被淹没。哪怕只是一粒微弱的光，我们也要努力攥紧，定会生出一番的欢喜感动来。

　　没有谁可以选择自己的命运，降生在庄户人家，就得扛着锄头，扛起心中的日月，在那一垄垄的黄土中辗转光景。任世事如何沧桑，都须在心中植下一场青色的梦，允许自己偶尔小颓废，也允许自己在某个失意的时刻抱头痛哭，但只要心中的那片青色不倒，定然会有一场丰硕的秋。

青色的梦里，还有孩子。

庄稼人活得很简单，老婆孩子热炕头就是世上最好的光景。你听吧，他们嘴里念念叨叨的无非是孩子考上大学没有，给买好了房子没有？仿佛这一生只为孩子而活。小的时候盼着长大，长大之后盼着成才，成才之后盼着成家。一辈子很短，来不及歇歇就已老态龙钟。只是老去的年华依然念念不忘要为他们的孩子们加砖添瓦。多大的孩子，在他们眼里也泛着鲜亮的青绿。

自小，母亲就常说不是为了你们三个，我才懒得受这苦。而父亲是一个沉默寡言的人，他很少唠叨，可他一直在贫寒中奔波，看到我们兄妹长大成人，各自有了自己的生活，他那长满皱褶的老脸会泛起一圈一圈的微笑。

母亲一生最大的心愿就是我们都能考上大学，永远离开那个贫瘠的山村，让我们摆脱世世代代与黄土纠缠的命运。对于穷困而卑微的庄稼人来说，唯有考上大学才是通向外面精彩世界的一条缆绳，母亲想要我们牢牢握住它，哪怕这样需要拼尽她与父亲他们生命的所有。

我知道，这几十年来，他们过得有多艰难，他们苦苦挣扎，苦苦跋涉。那么年轻那么美丽的他们生生被生活的重负压弯了腰身。满脸的沧桑，还有粗糙不堪的手见证了他们的风雨兼程。我曾经不停地怪怨母亲爱在别人面前显摆自己的孩子，那么，妈妈，请原谅女儿曾经的不懂事吧！原来这些年，就是那种意念在苦苦支撑着父母，我们多像他们手中青青绿绿的庄稼苗儿啊。他们满怀希望地盼望着我们在秋天可以立上枝头，书写一季的丰饶。哪怕我们所有的光鲜要用他们的苍老来成全，他们都心甘情愿。

想当年，大哥和二哥待在家里没有工作，母亲是如何愁肠百结，夜不能寐；而我在很迟还没有结婚的时候她又是如何坐卧不安，孩子的一点一滴都牢牢牵扯着父母的心，他们的心已被撑满。

他们青色般的孩子啊，让他们操碎了心！

就在一片片的回忆中，我却看到了微笑，就像东山坡上年深日久的老杨树，低头看着在春日抽出的新芽，一脸温和。那是庄稼地上最纯真的笑，是无数父辈沟壑纵横的脸上绽放的幸福的笑颜。

踏着千百年的黄土，嗅着村庄不老的烟火，与阳光与星月一遍遍错肩，又一次次对望，永远不能停下前行的脚步，这就是我的父亲母亲，也是万千庄稼人的日子。他们不愿任何一棵青色的苗错过阳光和雨露，他们匍匐在大地的胸膛上，粗涩的大手一遍遍抚摸着，像豆子一样的汗珠不停地滚落，落在脚下的庄稼里，那一片青色便像具备了神力一样狠命地往高蹿，它们怎么都不能辜负那些憨实的庄稼人。

然而，有一天，他们青色的庄稼长高长大了，他们可以收纳成成捆成堆的喜悦，放在抬手可及的仓库里，坑坑洼洼的脸上填满了快乐。他们青色的孩子长高长大了，却带着绚丽的梦走远了，走向遥远的城市，走向花红柳绿。村庄里，唯有父辈的坚守，浑浊的老眼依然记得那一抹青绿是祖祖辈辈不息的生命河流，他们不舍、不忍断掉。哪怕广袤落寞的黄土地上只飘摇着一缕青色，也足以架起一个庄稼人的梦。

庄稼人啊，怎么能断了那青色的脉？

　　守护，从来就是一件艰难的事情。我的父亲与母亲将我们送出了村庄，他们说远方有更美好的东西。然后用单薄的身体对抗着生活的粗砾，瘦弱的腰身驮起祖辈的梦，也驮着我们厚厚的记忆。正是因为他们的坚守，才时时提醒我们记着那一片田野里的绿，才得以留存最纯真最宝贵的那段人生。我们这些曾经青色般的孩子，直至有一天也有了自己像青色一样的孩子，不知他们会喜欢黄土地上那大片大片泛着的青绿色吗？会懂得那青绿之中深藏着的生活的厚重吗？

　　曾经，多少人离开村庄时步履维艰，撕心裂肺，如同将生命与身体强烈地剥离一般，而今那些滚烫的土地不过如同肩上的尘埃，轻轻便抖落。

　　也或许，很多年后，那一片田野里的青绿经过时光的腌制，依然是青色的，却带了淡淡的忧伤，那会是我们永远青色的乡愁！

　　青色，鲜亮、清澈，象征着生命的活力，也有不老的希望。

　　青色，多么年轻，而又是多么干净的色调！

山丹丹花红艳艳

（一）

山里除了山丹丹，再找不出更好看的花儿。不是因为它有绝世的容颜，而是别的花儿根本无法适应我们脚下坚硬的土壤。

山丹丹，朱砂一样的红，艳而烈，浓而鲜。

小的时候，常见哥哥们从山间采回一棵棵山丹丹，当那一抹鲜艳直抵眼球的时候，我总是迫不及待地接至手中，爱意切切。我很惊叹在这黄土高坡上怎么可以开出那么耀眼的花儿来？它的红，狂放又苍劲，仿佛轻轻一摇，就可以把灵魂深处的一切东西都唤醒。它的红，纯粹又水灵，开在山坡，生于杂草间，却依然难掩一身的傲然。

山丹丹，又名红百合，野生于山坡，北部居多。与别的花儿不同，山丹丹一年开一朵，每一朵都是它生命年轮的见证，每一朵都是它在岁月的风雨之后赢取的美丽。当它的身上挂满了沉甸甸的花骨朵儿，一夜风过，竞相开放，周围的种种不过成了它的背景。苍穹之下，它骄傲而倔强地立在那里，火一样的红，燃烧起生命的激情。

山丹丹没有显赫的身世，粗野山间便是它生命的全部，没有谁为它的成长付出过半丝呵护，也没有谁为它洒下过一滴生命的养料。它多像个无人疼爱的孩子，在黄土高坡的恶劣中顽强地出生、长大。北方的冬天那么冷，积雪寒风中它是如何抱紧幼小的身体，将生命留存下来？春寒料峭，黄沙漫天中，它又是如何艰难地将细小的嫩芽伸出，接受着野蛮的捶打？可是，它到底是活下来了，开花了，开得无比鲜艳，红得铺天盖地。

（二）

炕沿儿上的小酒盅一闪一闪冒着蓝色的火焰，像个调皮的孩子似的扭来扭去，母亲迅速把手伸进去，蘸了酒花又立刻往姥爷的脚上搓抹起来。姥爷的脚时常肿得鼓鼓的，听说那是血脉不畅通，上了年纪的人，总是毛病多得像牛毛。

母亲说，让你姥爷给你讲讲以前的故事，你姥爷还抬过担架呢。

姥爷先是没有说话，只是微微笑着，裤腿被母亲高高卷起，他的手就很随意地搭在露出的白色的腿上。

真的吗？姥爷，是真的吗？那会儿您们村子也有战争吗？那个时候他才20岁左右，是到我们应县的某一个村子去抬担架。

战乱的年月，哪一处又有安然太平？那时，包括姥爷的很多年轻人被征去上了战场。

当时我很想问姥爷害不害怕，但还是咽了回去。那个年代，而姥爷又是那么本分老实的人，怎么会不害怕？我们没有经历过那段岁月，总也无法深刻体会到那些浓烈的悲苦。但姥爷讲起来的声调依然平和，这个在几十年风雨沧桑中淬炼过的老人异常的淡定与从容。他说他的父亲年轻时走西口差点没回来，幸亏有一位山西老乡照料，在人家家里躺了整整一个月，同行的人回来报说可能已被人打死。我问那当时老姥爷走西口，就您们一群孩子和老姥姥在家吗？姥爷缓了缓，母亲也搓完了，给他把裤腿放了下来，他说是啊，我们就在家里种地。

我停止了盘问，我在想象着，在构造，在与电视中看过的情节相互拼凑。孤儿寡母，战事不断，那些年的很多故事恐怕已再无法一一回放，但相信姥爷记忆犹新。要不然他怎么会不经过任何思索就将叔伯家的事都可以细细数来。他的父亲兄弟五人，有几个已经没了后人。有的是当时参加八路军一去不复返，有的参加了乔军，他本家叔叔的一个孩子留在村中受他们照料，然而有一天外出，瞬间却被狼活活吃掉。

我嘴巴张得老大，我就坐在地上的小板凳，我问姥爷村子里会有狼吗？有啊，那个时候可多了。姥爷说。

那是一段什么样的岁月啊？凭我有限的感知范围怎么也无法走进，无法想象。窗外是黑漆漆的夜色，白天的浮躁被强硬地压了下去，正如此刻我的心绪一般，在厚厚的夜色里翻滚，交叉，再散乱，再绞缠。

姥爷讲给我的时候，我听的不过是故事，可这故事的前身却是鲜活而残酷的事实。再深的冬天，总会过去，熬过了最寒冷的季节，就会抵达春天的温暖。

谁也无法选择生存的优劣，当一双脚探入人间的时候，就必须顽强地活下去，刀山火海亦无法逃避。姥爷一直认真地活着，热情地活着，从他的先辈手里接过生命的火把，在那片黄土地上耕耘着属于他的人生。

　　而今，现世安稳，岁月静好，他与姥姥用一生养大的孩子各自拥有了自己一片世界，过着平凡而安逸的生活，父慈子孝，其乐融融。孙子们已走出村庄，用载着知识的羽翼探求更高的精神世界。

　　姥爷怎么能不笑呢？

　　而我的爷爷又怎么能不笑呢？

　　那时，姥爷家还有几亩地可以耕种，最起码做到衣食无忧。我常自嘲我们家是八辈贫农，从懵懂的少时就不得不面对父母的愁苦，在母亲琐碎的委屈中难免硌着稚嫩的心。爷爷兄弟四人，三人若断线的风筝消失在岁月深处，只靠着他一瘸一拐地将家族的血脉延伸下去。娶母亲的时候还是赊欠，成家后又得立马自力更生盖房子。到后来，房子成了母亲的心病，她不愿再让自己的儿子成家后沿房檐头，说啥也得有个住处。

　　贫穷，像一根粗壮的麻绳一直紧紧捆绑在父母的身上，越是苦苦挣扎，越是勒得紧。饿，也许我们根本不懂真正的饿是什么，但母亲饿，饿得眼发晕，头发昏。我不能忘记父亲干裂的嘴唇在寒风中颤抖的样子，不能忘记他起早贪黑，日日不停地劳作。他为了多挣几个钱，在庄稼人可以温酒闲谝的寒冬中一遍遍在山里往返。厚厚的积雪中，唯有他一排深深的脚印，天不亮他就拿着干粮出发了。父亲的岁月没有冬夏之分，他像是一个不能停下的磨盘，沉重地转啊，转啊。

　　母亲也是，即使后来她单薄的身体在生活巨大的磨难中倒下了，可她依然不曾停下与苦难生活的对抗。疾风劲雨中，东倒西歪，纵是染一身泥巴也要爬起来。

　　从一贫如洗到衣食无忧，再到我的哥哥们出人头地，这是一段多么艰难的过程啊，苦难像大山一样压了他们几十年，不容喘息，不容停歇。这一程，我的父母失去了健康，失去了年轻。可年老的他们看到儿孙绕膝便笑意盈盈了，感觉这一生再大的辛苦都是值了。

（三）

回望过往，在祖辈的生活轨迹中探寻着生命的真谛，不正如山间的那些山丹丹花吗？那火一样鲜红的花朵正如生命的热烈，耀眼而夺目。只要用心地、热情地活过，那便是生命的璀璨了。磨砺中，却开出了那么美那么艳的生命之花来。

那些粗糙而皱褶的一张张笑脸，与盛夏的山丹丹一样开得漫山遍野，开得如火如荼。

我喜欢那一色红，轰轰烈烈。

听，是谁的歌声响起，穿过云层，滑落天际，然后洒满了黄土高坡。听，那仿佛是从遥远的地方一路奔跑，越过山，越过水，近了，近了。

你听，你听，山丹丹那个开花红艳艳……

乡愁无尽处

乡愁，是一种很温暖的情感。

路遥有他的"双水村"，陈忠实有他的"白鹿原"，莫言有他的山东高密，我也有我的黄土高坡。那些历历在目的记忆穿过生命的河床，在一生的光阴中念念不忘。无论你是举世瞩目的大家，还是默默无闻的普通人；无论你是满脸沧桑的世故老人，还是不谙世事的轻狂少年，在故乡的面前，不过都是孩子而已。乡愁，便是我们相同的情感。

乡愁，是我们作为一个漂泊者最终的归依，是一处干干净净的思念。乡愁，不是千回百转，却念念不忘；不是刻骨铭心，却地老天荒。

陈忠实在《白鹿原》中有这样一段话：白孝文清醒地发现，这些复活的情愫仅仅只能引发怀旧的兴致，却根本不想重新再去领受，恰如一只红冠如血翎如帜的公鸡发现了曾经哺育自己的那只蛋壳，却再无法重新蜷卧其中体验那蛋壳里头的全部美妙了，它还是更喜欢跳上墙头跃上柴火垛顶引颈鸣唱。

是的，所谓乡愁不过也就是一种情怀。我们永远再无法重复昨日，于是，便一遍遍想念，一遍遍唠叨，或许是对故乡的愧疚，也或许是对无法回去的曾经的深度缅怀。然而，千山万水之后，当奔波了很久的生命疲惫不堪时，除了故乡，又何处安魂？

村子里常常有一些陌生的老人，在逝世之后就被儿女们千里迢迢运送回来。那时，母亲和父亲一边在锅里捞搅着煮烂的土豆，一边相互拼凑关于那个逝去的人的相关信息。有的，父亲也叫不上名，或者说那些人根本就不存在于父亲的记忆中。谈起时，也只能说某某的大爷，或者是叔叔一类的称谓。他们早已离开了故乡，或许一生的时光与故乡有关的不过是几年而已。我默不作声，思绪在筷子与碗的碰撞声翻来覆去。那个时候我就特别不明白为什么非要颠簸那么远再回来，哪里容不下一个死去的人呢？

那就是最浓的乡愁吧？

那个留在村庄的某某就仿佛是一个承接下祖辈使命的守护者，他们一代代相传下来，守候着血脉的原乡，等待着远去亲人的归来。他们又像是一面旗帜，年年月月飘扬着无尽的乡情，让那些漂泊者不管走多远，都牵念着回家的路。一棵树，枝条多么茂盛，伸展得再远，在它枯落的时候总是匍匐于树根之下。树如此，人亦如此。

用余秋雨先生的话来说，除了故乡，我们这一生不过一直在借住而已。

凌乱的摆设，老旧的祖屋，还有那道扶摇而上的炊烟，所有的所有，那都是家的味道啊！那些隐隐约约的人和事但凡一提起便是亲切扑面而来。每一条河流，每一棵树，甚至是每一道蜿蜒的小路都有无数可以让我们喜悦的往事。纵是时过境迁，我们依然能清晰地辨别出每一个故事的发生地，无数辗转反侧的梦里，我们不断温习着童年的所有。

故乡，总有讲也讲不完的故事，它用苍茫的身体收纳了从我们出生就开始发生的一切，甚至还有我们的父辈、祖辈。故乡不语，却把一切悲欢离合藏于怀中，任四季流转，花开花落中上演着一重又一重的人间戏剧。

我写过无数与故乡有关的字，每每提笔，便如脱闸的流水，你根本不用做多余的修饰，也不必为思路会半途断竭而苦恼，献给故乡的情永远是自然而流畅，悠扬而深重的一曲好歌。那是朴素的一笔，却有着烫金的光辉；那是粗糙的一笔，却芳香四溢。

我想，乡愁是永远不会老的，哪怕村庄老了，废墟一片，哪怕我们老了，反应迟钝。

年老的时光中，也定会在某一个安然时分，对着身边的后辈喋喋不休，一把把全是我们天真的故事。

我就坐在一缕风里，阳光透过摇曳的树影，时隐时现。首先我会告诉孩子们，我的爷爷喜欢穿黑蓝色的粗布棉裤，他有着白白的胡子，他如何深一脚浅一脚在那个村子扎下了生命的根。爷爷和奶奶的故事很旧很旧了，但这是我无法不讲的。然后我会讲那个奶奶庙，那里有我爷爷对父亲的爱，他说父亲总是在他的肩头撒欢儿地闹腾，他一次次带父亲去那里烧香还愿。虽然我的印象中，奶奶庙从来就是一些破砖烂瓦，但那是爷爷讲给我的故事，他的目光总透露出无限的怀念。

接着，我会讲在一个大雪纷飞的日子，在两个哥哥之后，我顺利地以众人久盼的女儿的身份来到父母身边，从此在他们的宠爱里任性、顽劣。那个时候家里条件不好，但有什么好吃的还是紧着我，两个哥哥不敢惹我，只因我爱哭，那是我最强大有力的武器。不管有理没理，一把泪水就轻易攫取了母亲的呵护。但我的母亲很严厉，她从来不溺爱我们，记得有一次，我也想着学别的同学回去找家长告状，为了激起母亲的愤怒，还特意夸大了事件本身。然而母亲却训了我一番，她没有给我去撑腰，我只能自讨没趣地走开。自那以后，我再不生那般念头，努力处理好与同学的关系。

我会告诉孩子们，小时候的我怎样在小水渠里赤着脚丫玩水嬉戏，而哥哥们在冬天的时候戴着厚厚的棉手套，穿着笨重的棉衣扛着自己制作的木头滑冰车总往大渠里跑。大渠的水积成了厚厚的冰，他们就坐在冰车上，两只手不停滑动细细的铁杆，然后就听到他们愉快的尖叫声。我也坐过，也想飞舞一下，可总以屁股摔得火烧火燎而失败。腊八的时候，母亲还会打发他们去大渠打冰，他们总能扛上一大块，回来的时候鼻子都冻得通红，嘴里呼出的热气在眼前缭绕。母亲一边说有一小块就够了，一边放到院子里敲开，一点放在水瓮上，一点放在门头。

我还会告诉他们，冬天下雪的时候，我们怎么样套麻雀，怎么样踩着"嘎吱嘎吱"的雪，一边走一边攥无数的雪鸡蛋玩。还有过大年时候穿新衣服的那种激动，进了腊月母亲和邻居相跟着进城，买年画、买糖果、买新油布，然后给我们每人换件新衣服，她和父亲却总是凑合凑合，把旧衣服洗洗就可以了，母亲常说只要不是打补丁的就是好衣服了。那个时候对新衣服的渴望是积攒了一年的向往，穿好之后生怕弄脏了，起褶了。不过这种小心谨慎没持续多久，就搞得一塌糊涂，衣服上除了油污就是土灰。

接着，该讲讲我们怎么偷杏、偷红枣，还偷摘别人的麦穗了。还有昏暗的煤油灯下无数次地映照出的母亲的身影，她缝缝补补，她可以把高粱秆串成漂亮的楄子；可以将杂乱的羊毛碾成粗糙的毛线，然后织成我们一家大小暖暖和和的羊毛袜。厚厚包着棉花的打了浆子的棉布，可以在母亲的手里变成我们过冬的暖鞋，一条条花布也可以在她的裁剪下变成一个花书包。

农闲时候的父亲，总是手里拿着锛、木锯、墨斗，时而眯着眼瞅木头的纹路，一会儿又一条腿架起架住木板，"呼啦"，"呼啦"地锯了起来。要么是坐在地上，一把把柳条上下翻飞，错落有致，最后在父亲的手里变成了结实的筐子。以及他为了生活一次次往返山里，被风吹干吹裂的嘴唇像一个蜷缩在暗夜的魔鬼，透着狰狞的样子。

那些原始而艰涩的记忆总是像放电影一样，循环，再循环。

记得，那个时候看电视是跑到别人的院子里，我们巷子最早一台电视是姨爷家的，14寸的黑白电视机摆在院子里，引得我们在夏日的傍晚早早吃完饭，就急急聚了过去，到了冬天，便坐在他家热热的炕上，一大伙人边说边看，姨奶还会炒些瓜子招待大家。

还要讲长大的我们，如何欢喜地飞出村庄，而渐渐老去的父母如何坚守着生命的土壤，依然无法停下忙碌的身影。那望着我们离去的惆怅以及等待我们归家的期盼；那些满是家的味道的饭菜，还有鸡鸣狗叫。那一切的一切，一草一木，一山一水总关情。

乡愁，任凭你伸出多少的手掌，也无法拓出它的长与宽，就算你穷其一生，也永远无法度量。它会随生命而来，也终要随生命而去。

没有故乡的人是不幸的。不知道在哪里看到了这样一句话，但我却深信不疑。不管故乡贫穷与富有，它从来就是一种灵魂深处的依附，那些淡淡的乡愁中除了儿时纷繁的记忆，也有成长路上见证的父辈的艰辛与疼痛，不能否认每一次的回望也有落泪的冲动。然而正是那片土地上发生的种种才让我们更加懂得生活的沉重，以及生命的珍重。

故乡，最贴近大地的胸膛，有着最苍茫的力量，粗犷而狂劲！

乡愁，是人性中最浓抹重彩的一笔。看过余秋雨的《借我一生》，懂得他那不过十年光景的故乡岁月却成了一生最重的课题，无论他是行走在中国大地，还是走在世界的任何一个角落，无形之中他的深层意识中总时不时闪现故乡的影子，一个浙江小镇。也偶读鲁迅，那个鲁镇上的故事不也爬满了他的文字吗？闰土也罢，三味书屋也好，只不过他把一抹乡愁化为了一把把利刃，他哀其不幸，怒其不争。

如果你读过史铁生的《遥远的清平湾》，定然也会读出乡愁的味道。清平湾不是史铁生的出生地，却在他短暂的健康岁月中有着非同寻常的意义，被他称为第二故乡。他把那乡愁写成字，落成章，展现在我们每一个人的眼前。他说人的故乡并不是一块特定的土地，而是一种辽阔无比的心情，不受空间和时间的限制；这心情一经唤起，就是你已经回到故乡。

故乡，蕴藏着我们生命的历史，是一卷沉甸甸的记忆，只要你轻轻一呼唤，乡愁便醒来了。

要么，它就从来没睡着过。

与往事重逢

她说，你还记得我吗？我是你口中的××。微信传来了好友请求，根本不用细细思索，一个影子瞬间就鲜活生动起来。周身的血液也快速、汹涌地澎湃起来，

显然，我很激动。

她，是我的青梅竹马，两小无猜。

我家门前有一个高高大大的土墙，土墙顺着东面延伸出一大片空地，直接抵着了山脚。空地上有两户人家，她们靠东，靠西的便是尹大爷。而尹大爷院子再往西就只有一条小路了，沿着小路往上走，再向东拐一下就可以上山。

她是什么时候搬离了老屋，我似乎毫无印象，也许我是根本不愿记得。她们全家搬到了村子北面，那里热闹、红火。也就在那时，我与她的故事就模糊了。小的时候，我们就喜欢站在那个高大的土墙上玩，可能幼小的心灵也懂居高临下，不胜荣耀吧？再者，我们也喜欢俯在土墙的身上，一遍遍磨它的土，那土精而细，绵绵地、柔柔地，像母亲手里絮的棉花，又像母亲细腻的乳汁。直到，把墙磨成了一个个深深的洞。

现在想想，那土墙可谓是千疮百孔了。

那个时候，小孩子真多啊，天天热闹非凡。有追打的、有嬉戏的，时而跳上跳下，时而捡起土坷垃就扔向了树上的麻雀。记得母亲说过，二哥曾经被压在了土堆下，他们一伙孩子也是挖啊、掏啊，最后土层塌掉，年幼的二哥差点葬身其内。

那些年，我们那么顽皮过，也那么心无芥蒂，把整整一个童年染得快乐无比。夏夜的傍晚，怎么也经不起门前麦穗的诱惑，有的垒土灶，有的负责偷麦穗，俯在地上一口口用力吹气，恨不得火再旺点，一下子就可以将麦穗烧好。你嫌我气不足，我嫌你灶垒得不好，吵吵嚷嚷中麦穗已烤黄了身子。迫不及待拿起来，直烫得两只手倒来倒去，然后是两只脏兮兮的小手搓来搓去，把麦秆扔了，鼓起腮帮将麦皮一吹，肉乎乎、甜滋滋的麦粒马上就送到了嘴里。等到吃完，才发现一个比一个脸花。

老鹰逮小鸡、丢沙包、跳绳，那些简单的游戏曾经在暮色四合时依然让我们恋恋不舍，太阳已跌到了西山根，大地上溅起了一层层的金辉，而我们，跑着、追着、笑着，就在二大妈的门前。是的，就在那个地方，那里比较宽阔。记忆若隐若现，可那些在夕阳里的笑脸却穿过一朵朵的光阴，依然有着美的模样。

那年，好像是七岁。我与她，还有她的弟弟又在门前的土堆上玩，父亲推了一辆破旧的自行车回来了。他说村里的小学要开始上课，我们要不要去。没用大人送，我们三个就凭着一种互相逗能的心理出人意料去了学校，当时是那种低矮的四条腿的木制小板凳。可惜，除了这些，那截子故事我再想不起更多。隔了太久了，转眼间已是千山万水走过。直至，她找我的时候我竟一时想不起她的名字。可是名字想不起，与那个名字有关的故事却深深刻在了生命中，一经召唤，便争相而来。

海叶，我终于想起来了，没用几分钟的时间。

她说，我终于找到你了，很激动，哭了。我说我恨不得此刻飞到你的城，真的想好好聊聊。尽管我们相隔并不远，而且也许无数次在彼此的城中擦肩而过。但总是想着挑一个风也好，花也好的日子去，一起坐在光阴的深处数一数那一阕共同的岁月。所有树的样子，山的样子，还有流水都曾是我们一起拥有过的。

尹大爷家的红枣树只余下了一截枯桩，年轮一圈圈晾在那里，我知道在它的上面也有我们的往事。院子已是一片废墟，可怎么也埋不住旧年我们偷红枣时候的紧张与兴奋。所有童年的顽劣以及懵懂，我们都曾一起参与。就在她家的土炕上，我们一群女孩子，抱着花布枕头充当娃娃，开启了一个女人一生最初的情怀。

一起上学，一起放学，然后在过年的时候一起穿上新衣服去别人家拜年、要糖；一起上山摘酸枣，一起洗衣服。就那样，我们一起长大了，已不再是大人口中的黄毛丫头。从一种姿态，变做另一种姿态，终于，我们的眉眼在光阴中变老。可是，你知道吗？始终我们是那个可以称呼对方小名的人。于是，亲切就不请自来。

那天，我又找到了两位儿时的玩伴，苹和珍。我说，原来你们之间一直联系着，偏就抛下了我。珍说怎么会呢？我们一直在找你。一个"找"字，心中尽是暖意。

这人世，庆幸着有人还在找你，无论阔别多少时光，总会因为这份念念不忘而心生了欢喜。只不过，有很多的人，再找不到。喜欢过一个女子，叫青。她有着男孩一样的脾性，也总喜欢着一身男装。有的人即便一起一生都如风过无痕，而有的人哪怕只是

且以明媚过一生

短暂停留，亦会是永远的牵挂。我与青相识也就一年，却落成了年华中温润的一笔。

想来，人与人并不是那么容易失散，只是那些年我们不懂珍惜。总以为挥霍是一种豪迈，也总以为我们有无数的资本可以随意去挥霍。终于，我把青丢了，遍寻不到。

是的，时光极容易把我们的故事生生断隔开来，横成两岸。于是，我们就只管拼命地，一心一意为后面的故事生起藤蔓，一路伸展。其实那些旧的故事依然可以让一个人活得眉开眼笑，有着檀木的香。

以后，可否放慢脚步，回过头看一看我们走过的街口，绕过的巷子，咂巴一下旧了的光阴的味道。

生命原本如此沉重

我没有写过读书笔记，因为常感在心中能够深植的东西用言语来表达，多少显了浮浅，而无法触动灵魂的作品，倒也不必为它着诗作词。但《活着》有如一面老旧的旗帜高高飘扬在黄土高坡之上，一点点召唤着内心潜藏的那些情愫。把它与黄土高坡相连，确实因为那是我熟悉的土地，读《活着》时，我常常会在脑中浮现出那些满脸褶子，邋里邋遢的黄土高坡上世代聚居的父老乡亲。如果说用"老旧"两个字来形容《活着》，是对它的不尊重，我不会苟同。破旧，只是代表一种表象，它更深沉，更具深刻，有一种古朴而沧桑的味道，可以说它代表一种深层次的精神领域。

《活着》是著名作家余华的经典小说，字数 13 万多点，我只用了大半天的时间就读完了。读得有点糙，因为它深深吸引了我，大有如饥似渴之感。这部作品荣获"意大利格林扎纳·卡佛文学奖"，也被译成好几个国家的语言，可说是畅销世界。开书的序言就有中文版、韩文版等五个版本的序言。

我读小说，每次必认真品其序言，大多时候感觉序言有着其独特的精彩，它接近作者本人的内心世界以及他的写作主旨。余华在自序中说："一位真正的作家寻找的真理，是一种排斥道德判断的真理，作家的使命不是发泄，不是控诉或者揭露，他应该向人们展示高尚。"这句话我反复诵读，又一次想起了贾平凹先生，他的作品似乎与余华所说不谋而合。

自序中还说："一些不成功的作家也在描写现实，可是他们笔下的现实说穿了只是一个环境，是固定的、死去的现实，他们看不到人怎样走过来的，也看不到怎样走去。"正如其所言，《活着》是真正活着的作品。

故事从作者去收集乡间民谣开始，然后遇到一位叫福贵的老人，接着是福贵为他讲述了自己颠沛流离的一生，从而为我们展示了一种活着的坚韧。

活着，本身就是一个沉重的话题，生下来，活下去。人一生的"活着"总要风雨来袭，悲欢相融。活着，就是一种苦苦的修行。而福贵的"活着"，从大喜到大悲，再到无言，多像一柄沉重的石锤狠狠敲下，震得人几欲支离破碎。

福贵原本是富家少爷，但他吃喝嫖赌博，玩世不恭，很快把祖上的积业全部败光。人往往要经过极度的痛苦过后才能清醒，懂得珍惜。当然福贵的这种纨绔之风除了自身的原因，多半还是家庭教育问题，他的父亲远在他之前就把家产败出了一半，所以在儿子输光了祖业的时候他只能无奈地叹口气，然后在一个黑夜从粪缸上摔了下来，死了。文中有这样一句话："我爹年轻时也和我一样，我家祖上有两百多亩地，到他手上一折腾就剩下一百多亩了。"

穷困潦倒的福贵先是面临着妻子和孩子被丈人领回去的伤心，再就是无端被逼去当兵，九死一生终于回到家里的时候，老母亲也早已病死，接着还要面临 1960 年的大饥荒。如果说一切已经是对福贵之前的惩罚，那么后来发生的事情就是额外的附加，而那些苦难一定会将无数的人击垮，揉碎。一个习惯了苦难的人尚无法承受那些磨难，更何况一个生就养尊处优，而后却一落千丈的福贵。福贵难能可贵的就是他在被摔入贫苦之后并没有自暴自弃，而是安静地接受，然后平静地活下去。

妻子家珍是中国传统妇女的代表，任劳任怨，宽容大度，不离不弃。她最后选择了从优裕的娘家逃离，带着幼小的儿子有庆回去，也许也是对福贵人生的一种支撑。只不过生活从来不是仁慈的，它先是给了福贵希望，然后又一点点夺去。

"我在村口的田埂上坐下来，把有庆放在腿上，一看儿子我就忍不住哭……要埋有庆了，我又舍不得。我坐在爹娘的坟前，把儿子抱着不肯松手，我让他的脸贴在我的脖子上，有庆的脸像是冻坏了，冷冰冰夺在我的脖子上。……我一遍遍想着他中午上学时跑去的情形，书包在他的背后一甩一甩的。想到有庆再不会说话，再不会拿着鞋子跑去，我心里是一阵阵酸疼，疼得我都哭不出来。"这是他的儿子死去时候的情形，仅仅13岁。

"那天雪下得很大，凤霞死后躺到了那间小屋里，我去看她一见到那间屋子就走不进去了，十多年前有庆也是死在这里的。我站在雪里听着二喜在里面一遍遍叫着凤霞，心里疼得蹲在了地上……我心里就跟结了冰似的一阵阵发麻，我的一双儿女就这样都去了，到了那种时候想哭都没有了眼泪。"

凤霞从小就不会说话，但相当懂事，她与父母一同经历着生活抛过来的苦痛悲伤，因为自身的缺陷一度受村人嘲讽，最后只能嫁给一个偏头的二喜，二喜倒是对她疼爱有加，可好景不长，生孩子的时候大出血而死。

人生最痛，不过白发人送黑发人，况且送了一次，又一次。

不久之后，家珍死了，他的女婿死了，就连小外孙苦根也因吃豆子撑死了。

虽说有些惨不忍睹，可这又何曾不是生活。生活就是生活，没有文学作品的文艺化，也没有传说中的被粉饰过的痕迹，它就是赤裸裸的悲欢离合，就是真真实实的动荡，甚至让人无法喘息。

从 20 世纪初写到新中国成立后，横跨 50 年的岁月。主线是福贵惨淡的一生，而对其他人物心理细腻地描写以及刻画也是相当成功。我更喜欢的是他的这种写作手法，从回忆着手，层层展现，以第一人称叙述方式让画面感与真实感更强。

苦难再多，还要活下去，只是为了活着。这或许就是余华写《活着》的真意，他在教会我们怎么面对生活，也让我们懂得生活从来就不是一件容易的事情。福贵赶着他的那头叫"福贵"的老牛年年月月在土地上耕耘着，他还把其他的牛叫做"有庆"、"家珍"、"凤霞"、"苦根"、"二喜"。我不明白作家这样去写是什么样的寓意，但有一种无比的苍凉和悲凄涌上心头。

生命原本如此沉重，我们有什么理由不去珍惜活着的每一寸时光？

在序言中，他还说："活着不是呐喊，不是进攻，而是忍受，去忍受生命赋予我们的责任，去忍受现实给予我们的幸福和苦难，无聊和平庸。"我喜欢这句话，更喜欢他用这样的思想写出的《活着》。

第三卷　欢喜倾心

携一怀欢喜，

与岁月慷慨相爱

世界那么大，极小的我们总容易被淹没。何不与自己来一场清欢，眉眼生情，内心丰盈，或花间小坐，或山水中驻足。

　　人间光阴，来去匆匆，就携一怀欢喜，与岁月慷慨相爱吧。

种花

　　我又忙了一上午，新买来的花盆装了土，撒籽，然后薄膜覆盖，最后，干脆把家里存放许久的葫芦割了一个造型，也种上了花。尽管阳台七上八下已经摆了许多盆，可对于养花，我表现出了十足的贪婪。从最开始小心翼翼买一些简单易活的观叶植物，然后再试探性买几盆观花的，到了最后，恨不得把所有美丽的花朵全填进我家的阳台。说填，因为阳台并不大，可为了满足那点不断膨胀的欲望，我只能充分调动自己的设计细胞，有效利用每一寸空间，合理规划。没有想到，今年我又迷上了自己播种，那些现成的盆栽似乎已不能完全满足心底的渴求。从生命的原始状态，经过萌芽、出生、长大，然后开花、凋谢，如此见证着一朵花的一生，内心充满了欣喜，以及澎湃的热情。

　　我认为，很多东西是会遗传的，所谓的血脉相连就是牵动着人类生生不息以及无边蔓延的根本，延续下去的除了生命本身，还有生命中细碎的种种，譬如思想。对于花的钟情，来自于母亲，以至于很多时候我都在想，我现在所做的一切是否都是在践行着一种承诺。儿时看着母亲认真地播撒花籽，她佝偻在地垄的样子也像春天急着努出芽苞的树木一样，积蓄着浑厚的力量，我所看到的并不是那么瘦小的一个女人，而是分分钟就会长成的参天大树。也许就在那个时候，我的心里也播下了一粒种子，长大后的某一天，我也一定要这样去种几垄花。

父亲是个勤快人，母亲也要强，虽然房子不气派，但小院打造得颇有"采菊冬篱下，悠然见南山。"的情致，一入大门，一道石阶小路通向正房，中间一排葵花杆栽成的栅栏衔接东西墙，偏东留一个木头钉成的栅门，就这样，分成了上下院。下院盖几间南房，主要用来养牲畜、放草料，以及杂货房和粮仓，而上院门前打一排水泥，方便秋天晒粮食，也因为北方风大，可以适当抑制一下尘土。余下很多空间就是母亲的天地，她种菜、种花，每到夏天，花香扑鼻，五颜六色的花儿将那个农家小院点缀的温馨而美丽。一到春天，母亲就迫不及待翻腾出去年采集的花籽，各用报纸包着，然后为了保险，又用塑料裹了一层，全部装在一个袋子中。她掀开这个看看，哦，这是鸡冠花，种那边吧。又掀开另一个，这是扫帚梅，种路边吧，还有地雷花、凤仙花就撒一起吧，这些好活。她把事先翻好的土又不放心地用手来回扒拉，而后斜着头瞅一下，感觉足够平整了，就用手指头划出一道不深不浅的痕，把花籽撒下去再轻轻盖上土，这土盖得也是轻柔无比，她甚至用两个手掌将抓起的土来回揉搓，这样就不会有大的土坷垃。她毫不吝啬自己的手，所有的希望都要在那里萌发。

她的眼神透着无比的慈爱，如同端详着怀中的婴儿，她用她粗糙的手一遍遍抚摸着，种几垄花就能花费大半天的时间。好不容易安顿好，就该给它们盖上薄膜保暖了，北方真正的春天其实来得很迟，阳历三四月还免不了几场倒春寒，野外还是光秃秃一片。正忙活着，姨奶进来了，她扎着一块浅蓝色头巾，暗紫色的上衣，一推开大门看见母亲在瞎忙活就嚷嚷，啊呀呀，又当开始种了，这女人真勤谨，年年把个院子种得花园似的。母亲抬起头，挂了一脸笑，又有些不好意思，她说，您来了？她称呼姨奶叫姨姨，姨奶是父亲的远房亲戚。

母亲是村子里出了名的齐楚女人，她爱花这一点也是声名远播，常有人跑来和她要花籽，她到别人家瞅着有好看的花儿也会要来。姨奶说着就走了进来，母亲还在花地跟前磨蹭。你快行了哇，真辛苦。梳着齐整短发的姨奶可是个精干女人，她也不会轻易夸奖谁，可是我常能听到她对母亲赞不绝口。

到了夏天，没事的时候，巷子里的邻居常会进来欣赏母亲的花，谦虚之余，母亲的心底深处还是自豪的，这样悦己又悦人的事情给母亲带来了一种极大的满足与快乐。在母亲的影响下，邻居们多多少少都会在自家院子种上几棵花，因为有了花，土气的院子多了活泼，也多了热情。

多年前，我一直克制着自己不敢养花，对于生命的历练怀着恐惧心态的自己，相对来说，内心是极其脆弱的，因为害怕花落的惆怅一再拒绝花开的美丽。然而当有一天鼓起勇气端回第一盆花的时候，看着它们的欢跃与蓬蓬勃勃，就仿佛一粒微弱的灯光在宽敞的空间越来越明亮起来，把母亲种花的身影也映照得越发清晰。我想，这应该是久违了的事情。

买现成的盆栽，想要养好也不是一件容易的事，有的花儿喜欢阳光，有的耐阴；有的喜水，有的耐旱；有的皮实怎么都没事；有的娇贵，通风不好还要起虫子，总之，对待它们真和对待孩子一样，摸得清脾性，还要因材施教。我记得之前把一盆万年青放在阳台，没几天它的叶片就黄黄的，被阳光灼伤，跟着整盆花都恹恹的无精打采，而龟背竹则是离开阳光之后变得没了生机。

就像老舍先生说的那样，其实并不需要养多么名贵的花儿，哪怕是一盆普通极致的花儿，它一样能带给我们极大的愉悦。我常常会蹲在花前许久许久，只是一个劲儿盯着那些花儿看，并不夸张地说，虽然好几十盆，但每朵花的样子我都清晰记得，甚至它们之中谁有几个花苞或者有几片残叶我都知道，哪一盆该要浇水了，哪一盆刚施完肥等等。长久以来我对于自己在花间能够流连那么久也是很费解的，总是那么几盆花却每天都看不厌。其实真的看不厌，对于一个鲜活的生命，它的每一天都是不同的，都会创造出新鲜的惊喜。于此，让我深切明白，很多快乐都隐藏在生活的细节处，重要的是我们要常持一颗欣赏的心。

有一年春天，王阳明和他的朋友到山间游玩，朋友指着岩石间一朵花对王阳明说，你经常说心外无理，心外无物，天下一切物都在你心中，受你心的控制，你看这朵花在山间自开自落，你的心能控制它吗？难道你让它开它就开，你让它落它就落吗？而王阳明却说，你未见此花时，此花与汝心同归于寂，你来看此花时，则此花颜色明白起来，便知此花不在你的心外。

我想，正如王阳明所言，生活中所有的美好其实就在我们心中，你看到了它，它就看到了你。我情愿将大把的时间消耗在那些花儿中，因为我真实体会到了快乐，即便有一些花儿因为照顾不周而蔫蔫死去，我也会惋惜会失落，但随之又看到了别的花儿的生机盎然，那些灰暗的情绪就被慢慢掩盖。

生活何尝不是如此，每天都有人做着永远的告别，又有无数的人出生，每一年都会迎来姹紫嫣红闹闹嚷嚷的春天，也会在一场寒流过后千里冰封万里雪飘。更何况，在这些花的世界，我能找到一种强烈的存在感，是我亲手将它们的美丽呈现出来，它们是我一部部得意的作品。想起了高建群先生的《你我皆有来历》，这样的时候，我也可以美美地想，我也是有来历的，总有一些东西是生命委托我带给这个世界的。

养花是一件欢喜的事情，而种花，则是更生动的快乐。母亲种花的样子一直萦绕在我的脑海中，特别到了春天，我就更频繁地想起，春天与母亲种花好像在岁月中成了一体。终于，按捺不住，我也开始种花，开始兑现儿时心间的许诺。

勋章菊鲜艳的花色，灵巧的花瓣一下吸引了我，买了红色、黄色、混色三种，还买了粉色重瓣的矮牵牛。我盯着细小的花籽左看右看，就好像它们已经变成了一朵朵美丽诱人的花儿，兴奋与激动在体内蠢蠢欲动。那样美丽的画面又像一只风里的纤纤玉手，一遍遍招引着我，我没有理由更没有力气抗拒，心甘情愿就朝着它的方向奔去。

卖籽的人说这是进口的种子，普通营养土不行，需配他们专门的育苗块。按照说明把育苗块浇水泡大，小心把籽放进去，一有空闲我就弯下腰瞅啊瞅，恨不能把它的骨头经络都瞅个清楚明白，还要小心给表面喷点水。我想我表现得很心急，恨不能替它们快点发芽，对于生命的萌动是那么热盼。终于，两三天后，勋章菊露出了小小的嫩芽，并不年轻的我竟有一种想跳起来的冲动，以表达当时的那种惊喜。

勋章菊的成活率是百分之百，一露出嫩芽儿很快就长出两瓣小叶，接着三瓣、四瓣，之后我把它们三个一盆移栽到新买的栅栏花盆，颇有点田园风。如此，勋章菊就算是初步放心了，余下的只有耐心等待它们长大开花了。可是矮牵牛就有点差劲，不知道是我种的方法不对还是中间出了什么差错，同时播下的种子，它却迟迟不发芽，后来实在等不到，我又重复播了一粒，依旧是久不见回音。六粒籽，长出两棵，也算是有那么一点安慰吧，只是它的苗儿极其瘦小，可怜分分的样子，很难想象到它能长成爆盆，而后繁花似锦的样子。担心归担心，人的生命何曾不是一点一点长大，这个世界是神奇的。我想，对于矮牵牛，必然要付出更多的等待与呵护。

后来，我又种了薄荷、康乃馨、翠菊，在经过很长一段时间的摸索与历练，当然少不了以一些花的牺牲为代价，我才掌握了一点培养盆栽的技能，对于播种，想来还是经验大大不足。说起来，就是把籽撒到土里这么简单，可如果真的就是这么简单，天底下哪有不丰收的年馑？哪有不富得流油的农民？又哪有辛苦而言？翠菊一棵也没有上来，因为变天气的原因，我早上放到窗台边，怕它们冻着晚上又挪里屋，太阳出来了放窗台下面，太阳下去了又放窗台上面。然而这样的细心照顾也没能把它们迎到这个世界，大约过去快一个月了它们还是音讯全无。

有一点是值得肯定的，在与这些花儿打交道的日子，我的耐性有增无减，浮躁被磨去不少。看着花儿们不受你意志的控制，你焦虑、你烦闷，反正它就是那个样子，该败就败，直到后来，你也就慢慢接受了它们的无常。它们不活，我就一直种一直种，我就不信它们会永远辜负我的坚持。

人这一生，不能不说也是一个苍凉的过程，我们来过，终要离去，而这一生的喜怒哀愁又无时不伴随左右，有些美好，还是需要自己找寻，自己创造。生命这回事，说大，可以无边无际，说小，也就那么回子事，你认为快乐的，就是美好的，幸福的。

我是一个种花人，又怎能不说是一朵被种在尘世的花？

努力地活着，渴望阳光雨露，渴望四季的风。

亲爱的花朵

　　女人和花，注定是分不开的。我很佩服那个最早把花与女人牵扯到一起的人，该有何样的聪明才能让花人合一，从此在所有人的心里建立起一套独立而坚固的美学格局。

　　顾况有诗："美人二八颜如花。"宴殊也言："晚来妆面胜荷花。"历来不乏将女人喻作花的佳词美句，单就一句"面若桃花"便把一个娇滴滴的美人活脱脱表现了出来。花季少女、花容月貌、如花美眷，女人的一生，仿佛贯穿的就是一朵花的始终。

　　所以，作为女人，我没有理由不爱花。

　　爱花，爱世间一切花朵，高贵的、平凡的、娇小的、肥硕的。爱花，更愿意爱自己种出来的花朵。

　　常常会呆呆地蹲在它们面前，一言不发，只是安静地注视，看它们又悄悄冒了新枝，看它们因为缺水而萎靡不振，也看它们高高举起花苞的自豪。阳光透过宽大的玻璃窗明晃晃地照了进来，一种壮丽的美便无比丰饶起来。

　　我不知道诸如这样的情景有过多少次，也不明白是不是其实这样的时刻我是在与它们一一欢谈，然后喜得它们在暖阳里眉飞色舞。

三角梅开了，特别美。

买它的时候就是一个秃短的根，然后发出一个枝条，我以为一定会在花根处再发几个新芽，可谁曾想它是一条道走到黑，就在那一根枝条闹闹哄哄起来。花儿是一朵接着一朵，艳艳的紫色，明亮而热情。

高尔基说："世界上的一切光荣和骄傲，都来自于母亲。"母亲总是不遗余力，甚至是竭尽全力地爱着孩子，如果说这个世界尚存的"真"已为数不多，那么唯有母亲的爱是最纯最真，最经得起无数岁月锤炼的情。

那年，母亲看着炕上睡着两个比自己都高半头的儿子，她的心像着了火一样，日日熊熊燃烧，灼疼了唇角，起了水泡，也一下下灼疼周身的神经。她无论如何不能容忍自己的儿子再跌入无边的苦难，那个一贫如洗的家以及落后的村庄有她和父亲来守候就够了。好强而不愿轻易与人低头的母亲，不得不绞尽脑汁地开始为儿子们谋划出路，她四处托人，一次次碰壁，又一次次重新开始。

尚且年少的我以为母亲天生就该是无坚不摧的，而她所做的一切只是尽了一个母亲的本分而已，就算有一次她是被蜜蜂蜇伤，眼睛肿得像个核桃一样，却依然没有耽搁与人约好的行程，我依然认为那是多么平常而稀松的事情。母亲当时进行过多么汹涌的思想斗争，有过多少炽烈的煎熬，我理所当然去忽略，甚至无视。

平日的母亲，喜欢一遍遍在镜中端详自己的样子，把乌黑的短发梳得精光顺溜，有空的时候会取出珍藏的眉夹修剪一下她本就美丽粗黑的眉。她是那么爱美的一个女人，却把蜂蜇之后的丑陋公开于众目睽睽之下，原来在她心里比起儿子，她的一切都毫不重要。

　　如今，儿子们各有成就，母亲和父亲却依然蜷缩在那所老屋，用一把苍老执守着我们生命的来处。沧桑不言而喻，衰老也毫不留情地席卷而来。母亲用一生的心血来供养我们的生命，直至枯萎，始终无悔，却总在皱纹横生的脸上堆着一朵朵强大的微笑，让你感受到一种惊心动魄的美。

　　我数了一下，短短一个枝开出了 23 朵花，用繁花似锦并不为过。三角梅其实也叫叶子花，它是三朵花聚生于三片花苞中，外围的花苞片大而美丽，常被误认为是花瓣，其实是三片簇拥在一起的叶子，形成了三角形。真正的花在里面，小小的、细细的，确如梅花的样子。

　　我笃定一朵花儿也是有灵性的，它也是吸了日月的精华，与人有着某种相通。那一截枯了的根，让人隐隐就生了些许落寞，而那一枝的繁花热烈着，奔放着，多像风华正茂的我们。

　　我爱花，更爱读花，我相信花的世界也是江山处处，情怀无限。

　　人有母亲，花也该有。

　　我也买回过很多没有成活的花儿。买回时花苞簇簇拥拥，生机盎然，把它们移栽到自己的盆里，放在阴凉处，小心观察，花苞依然一点点绽放，我以为定然是活了。可欣喜之余又总有隐隐的不安，渐渐发现那些花儿不够怒放，屡屡弱弱。就拿那盆茉莉来说吧，洁白无瑕，清新扑鼻，开得也是够努力了，但没过多久，它死了。当我心疼地挖开土层取出根须时，才发现可能因为我的失误才害了它的命，买回来时我只把它原样栽进盆里，却忘记将攥得紧紧的土包松散。真的难为它还用力地盛开了那么久，被土包禁锢的痛苦也没有让它停下对花儿的供养。

有一女友，至今谈起那个孩子，眉宇间还有淡淡忧伤。我问她如果那个孩子还在，你会怎么做？她很坚定地告诉我，养着。我便再不说什么。孩子虽然活了不过三四年，可从生下来就开始了痛苦的挣扎，先天性的疾病让她们与孩子一起备受煎熬。精神上、物质上都是一种没有尽头的折磨。但就算这样，作为一个生命，她们不舍得放弃，以母亲的名义，她变得无比强大与坚韧。

这也就是我常常驻足于花儿们之前的重要原因，它们看似无声，却众声哗然，看似不动，却可以驮起一场灵魂的远行。

我好像不止一次写过一种花，它叫牡丹吊兰。尽管它本不属吊兰的一种，只因枝蔓较柔软，伸长后呈半匍匐状，枝条下坠，看起来跟吊兰很像，所以一直被人们当作吊兰来养护。它还有许多好听的名字，如心叶日中花、露花、太阳玫瑰。

我如此反复地写，并不是它有多么美丽，而是它足够顽强，一度让我震撼。刚开始的时候，它就是两个小小的短枝，我并没有想到，或者更准确地说我无法预想到它的将来会变得无比盛大，开得鲜衣怒马，一发而不可收。

它形似菊花，瓣狭小，桃红色。重要的是只要有阳光，它就会灿烂地开放，一年四季缀在枝头。无须多少的呵护，只要一片土壤，一束阳光，就会成就它的美丽。而且它并没有许多花朵特有的娇气，随便移栽都能迅速成活，鲜绿的叶片熙熙攘攘，一朵一朵可爱的小花嵌于其上，好不热闹。

常记《葬花吟》中说："试看春残花渐落，便是红颜老死时。一朝春尽红颜老，花落人亡两不知。"凄凉哀婉尽于落花之处泛滥。但如果只许你看到花开的光鲜，却把落花的凄凉深深掩藏，"宁可枝头抱香死，何曾吹落北风中。"是否，你所感觉到的是一种孤傲而凛冽？

它的花语是朴实无华，平凡又美丽。而我似乎看到的是一种平凡中酝酿着的独特的魅力，它的坚韧与顽强，它的乐观向上都在向我传递着一种力量，它在高擎着一种信仰存活于浩然人海，而我幸得与它相逢，在无数相对而望的时光，默默记下亲爱的它所有的好。

有哲人曾言：伟大的灵魂，常寓于平凡的躯体。这，就是最好的解读。

养花，不需名贵，能看到它们开放的样子就好，我始终相信造物主的每一次创造都有其不容置疑的意义，每一朵花的产生都有其存在的价值，而这世间的一切物种都必然是息息相关，有着千丝万缕的纠缠。女人如花，而花之世界，何曾不与人生雷同？

我用惴惴不安的心将一朵天竺葵举起，是否有人能看到它在茫茫世间绽放出的笑颜，那是无数朵细碎的小花簇拥起的诱惑，或许就在一刹那间，你就会懂得许多。

天竺葵，小时候，家里养了许多，土名叫它洋绣球，颜色繁多，有红有粉，有白有黄，叶子互生，掌状，而且叶的边缘处呈锯齿状。所有的花朵都是被一根长长的花茎托起。看似一朵硕大的如球样的花儿，细看却是几十朵细小单薄的花儿密集在一起组成。

天竺葵的花语是：偶然的相遇，幸福就在你的身边。相遇，相知，相守，原来幸福就是我们在一起。

我们借助一朵花的灵性，打开心窗，豁然开朗。我们也用一朵花，构筑起一种独特的审美之学。就算花朵是朝生暮死的东西，开合之间已经是意蕴不凡。

　　想起曾经，一度不敢将花儿捧回家中，害怕面对落花的惆怅，也难抵那种死亡的凄凉。说到底，不过是害怕面对，畏惧挑战。因为惧怕失去，所以不敢拥有。那时，是何等的天真，竟如同孩子般脆弱。世间并没有永不消亡的事物，拥有时，万分珍惜，即便失去，也该坦然面对。

　　喜欢看康乃馨的鲜红热烈，有如母亲炽热的爱；也喜欢芙蓉花庄重脱俗的容颜，如一枚在岁月中优雅行走的女子。喜欢百合的纯洁自信；也喜欢长寿花的喜庆安康。虽然说温室内的花儿不及旷野之处开得豪放与大气，然而能耐得住寂寞，在被囚禁之后依然意气风发，倒也是一种境界。

　　庆幸，此生能与这么多亲爱的花朵痴缠，如若要说世间女子终如花，那我定也如其中一朵有着自己美丽的模样，而你，而她，亦如是。

　　无法考究花朵的来处，却懂得了在一朵花里赏得旖旎，又在无数的花朵里情怀无限。于是，越发爱上了亲爱的花朵们，在每一个早晨，睁开眼的第一件事就是看到它们，很安静地蹲在它们的面前。等到一缕微风越过窗口，那些清香便悠悠地飘了过来，更有一种愉悦像长卷似地缓缓铺展开来。

凤仙花

在与女友的一次闲聊中，才知道它有一个好听的名字，叫凤仙花。

我们家乡叫海娜，而且我一直也以为它和那些草一样平常。看来是我错了，慢慢地，我发现母亲院子里那些本以为粗俗的花儿其实都有好听的名字，都有一番个性的美丽。

譬如喇叭花，它还可以叫朝颜花，扫帚梅可以叫格桑花，还有一种一直叫不上名的蓝色小花，我也是无意中才知道它叫吁厴花。

海娜，长得并不高，有重瓣，也有单瓣，花色各样，盛放的时候颇有种小家碧玉的样子，粉面娇容，精致玲珑。我记得年年到了秋天，母亲就会小心地从结成的果实中收下种籽，以备来年开春再种。它的果荚小小的，灰黑色，只要轻轻一碰，它就炸开了外皮，小小的圆形的种子就全暴了出来。

因此，海娜的花语中有不要碰我的意思，也有怀念过去。

不过，我们种海娜，多半是为了染指甲。于是，家中有女孩子的基本年年院子里会种上几株海娜花，往往到了秋天的时候，就只剩下了两三株结籽。

至于端午前染指甲的原因我记不清了，小时候常听老人们念叨。不过染指甲的过程依然记忆犹新。

把院子里开着艳红花朵的海娜拔起来，根须去掉，花瓣捣碎，有时候叶片与株干也可以一同用上，然后放上少量明矾。我们屋东，靠山脚下有一片空地，母亲喜欢种上些倭瓜和葫芦。葫芦叶子有些小刺，包在手上会扎，多半是摘倭瓜叶的，要么，就事先让父亲在野地摘几片大大的葵花叶。晚上睡觉前，母亲就开始忙活了，她把捣碎的海娜花慢慢敷在我的手上，汁水常常会不听话地往下流，母亲就赶紧把大大的叶子包上，再用准备好的线缠上，一圈一圈，又一圈。最后，还要包上一些布，以免那些汁水渗透后流到被褥。

这臭美，还是要付出代价的。要是光染几个指甲倒还好说，分开敷几个指头，面积小，也透气。但我们那个时候喜欢连手掌也一起染了，这样整个手包起来就有点憋闷，往往半夜都会被憋醒，手痒痒得不行，又麻又酸。但又不能半途而废，为了看到美丽的红指甲一定要坚持下去。好不容易挨到第二天早上，迫不及待解开绳子，这个时候的花泥已经蜷缩在了一起，没了水分，手上开始散发着一种别样的馨香。

不知道是花色不够艳，还是别的原因，反正有的时候染完的效果不够理想。到了学校的时候，一群女孩子就开始互相比较，那个染得好的人就像被推选成了第一美人般大受吹捧，她的脸上也洋溢着浓郁的自豪。而她那只手就成了别人的镜像，照得没染好的那些手越发难看，于是，晚上回去继续捣鼓，再受一晚上的罪，直至染成满意的样子。

那时光阴，有些单调，供我们玩耍的游戏屈指可数，而那些游戏多半也是笨拙不堪。只不过现在回忆起来，那时候的童年却是五彩缤纷，有着真真切切的快乐。没有更多的诱惑，仿佛有种安贫乐道的样子，就算一种很不起眼的游戏也能玩得风生水起，乐此不疲。

谁家院子里要是没中海娜，就到相好的女友家拔几棵，要么是晚上干脆睡在她的家里，让她的母亲一起帮着包好。或者，到了春天，就到有的人家院子里要几棵小苗，移栽回去。总之，只为了染指甲，就把一件微不足道的事情搞得闹闹腾腾，好不热闹。

那可是我们童年时光一件很重要的事情，好比穿一件新衣服，或是换样梳了麻花辫子一样总能让人兴奋很久很久。

小时候，只感觉那花太神奇，别的花儿不管多好看，也只能倚在枝头，静静地等死。可它不一样啊，它像个调皮的小精灵，小小的花瓣一簇簇紧挨着，像一个个粉嘟嘟的小脸，你看它时，它也毫不娇羞，直愣愣立在那里。就是这样淘气的样子，却怎么也想不到有着艺术大师一样的造诣，仅仅一夜间就会让女子染上胭脂色的妩媚。

想想，在懵懂的求美的时光，是它染红了我们的女儿梦，给了我们这些生长在山村的女孩子开启了一片美丽的天空。

元代女词人陆琇卿的《醉花阴》就写道："曲阑凤子花开后，捣入金盆瘦。银甲暂教除，染上春纤，一夜深红透。"纤纤玉手，上下翻落间，有如桃花瓣瓣纷落，怎一个美字了得？

爱美之心，人皆有之，何况女子？

然而，就算它如此娇美，却毫不挑剔。它落身乡间篱笆，扎根寻常百姓家。它的美，是触手可及的。

听说，凤仙花还有一个美丽的传说。

传说很久很久以前有一个叫凤仙的姑娘，她喜欢上了一个叫金童的小伙子。可是有一天，本地县令的儿子看到凤仙长得美丽，便调戏于她，后来被凤仙臭骂了一顿离开。她知道自己闯下了大祸，就欲约金童一起逃走。他们带上凤仙的父亲和金童的母亲一起出发，路上因金童的母亲患病耽搁，而被前来报复的县令追上。为了爱情的忠贞，两个年轻人双双跳下了悬崖。两位老人含泪将二人合葬，因为悲伤过度，就靠着坟地睡着了。晚上，金童与凤仙托梦告诉他们，山涧开放的花朵可以治好母亲的病。于是天亮后，两位老人果然发现了开着的各色的花朵，他们采花煎服，果然病愈。人们为了纪念，就把这种花叫作了凤仙花。

虽然这是一种传说，但足可以体现出凤仙花的淳朴与可爱，它寄托着世人对美好的憧憬与期许。

没有想到，小时候一直在我眼前长大的它，我从来没有认真看过它，可它竟然有这么多美丽的故事。

老天安排我们来到人间，不管是一个人，还是一朵花，甚至是一棵草，看来都有其不一样的风骨，以及使命。

所谓天生我才必有用！

我们就各尽其责，好好行走在人间吧！

芦荟开花了

我的芦荟开花了，开得很骄傲。

传到网上，很多朋友惊奇不已，直唏嘘原来芦荟还会开花，更有甚者无比肯定地说我的芦荟一定是经了年深日久的。我笑笑，不语。

关于这盆芦荟，曾为它写过一段字。只不过那时我只知道它的顽强，却未曾看到它真正的美。

记得这还是母亲好多年前送我的。那个时候家里只养了这一盆花，却也一直不曾给予过它半点关怀，用"视而不见"来形容也不为过。在我的记忆里它无数次在死亡的边缘痛苦挣扎，又无数次在生命的呼唤中重生。常常半月十天，甚至更久的时间我都忘记浇水，更别说给它施肥呵护了。每次只等它根部的叶子全部枯黄发干，上面也发了蔫，才恍然明白我又对不起它了，于是忙乎着端来一盆水，一股脑儿倒下去。半天时间，上面的叶子居然慢慢支棱起了身子，也泛起了绿色。

就这样，一月月，一年年，它辛苦地活着。

前年，要搬新房子，兴奋地跑到花市买了好几盆花摆放在了阳台，却唯独没有想起那盆芦荟。等回到旧屋再重新环顾，生怕再落下什么东西的时候。瞅见了阳台上已经枯黄不堪的它。想想，又是快一个月不曾给它浇水了，这次看来情况是有些严重，除了顶部有一点绿色外（这绿色也都布满了淡淡的黄色，接近枯萎），其他的全部发干了，用手一揉就化成了沫。

算了吧，死就死了吧。

可就在扭头的一刹那，心中升起了莫名的伤感，有一丝不舍。于是找来了剪刀，三下五除二将它的头部剪下，心想着看造化吧，要是能活更好，不能活，我也算是尽了心。

随手拿起一个空着的花盆将其栽下，套了一个塑料袋子，然后在那个数九寒天放在电动车上就载回了新家。到家，我掀开袋子看看它有没有被冻着，结果，完好。接着就把它放到阳台上等待它的重生。

以为总是需要一个休养生息的过程，总是要经历一段时间的艰难挣扎才会焕发出生命的光彩。可这一次，它的顽强深深撼动了我的心。原来，只要给它一点土壤，它就能生长起一片葱茏。

栽下，便活了，而且活得趾高气扬。

给它浇水，施肥，它更是受宠若惊的样子，恨不得长成无与伦比的美来报答我。没多久，它就一节一节地往出冒叶子，而且是浓郁的深绿色，一片更比一片肥硕。再看看当初随意用的那个花盆竟是有些小了，犹豫再三，还是带着忐忑的心情将它再一次拔起，重新换了一个盆。

和原来一样，它依然自顾自地活着，根本不在乎我给它带来的一次次摧残。

过了几个月，在一个清晨时分我惊喜地发现，居然在它的中心处冒出了一个嫩苞，凭经验我知道这是要开花了。于是天天开始注意它的变化，看着那个小小的嫩苞一天天长大，然后由一个枝杆托着往高长。大约十多天过去了，那个嫩苞也分散成了十几个小花骨朵，淡淡的黄色带着一点点羞涩的浅红，倒也像是娇媚的一个小娘子了。

芦荟的花开得很安静，甚至是娇羞，远没有其本身对于生命的那份张扬与热烈。就好像一个征战沙场勇往直前的大将，在接受封赏的时候却显得那么低调与沉着了。

甚至，很多人都难以看清它开放的姿势，只是一个小小的显长的喇叭形状，开放得极其内敛。然而，它也仿佛根本不会去在乎谁愿意为它停留。它的开放，旁若无人。

又是十多天过去了，像所有的花儿一样，它经历了开放与零落，完成了它的使命，然后又是茁壮而努力地生长着。

转眼，又是一年，我以为它忘记了花开的时间，一个冬天悄无声息。然而，三月份，它带着自己独特的美丽又一次绽放了。这次，它一开便是两枝。这一开，也让我更加坚定地爱上了它。

几十朵浅黄色的小花暗自开放着、簇拥着，它像丁香一样朵朵相挨，却远没有丁香的馨香与诗意，更没有丁香的迷人。但它却也开放出一种姿态。

我欣赏着这样的花儿，用自己瘦小的美丽顽强地点缀着世界。

总有一朵花为你开放

这次去北京，我充满了期待，还有许多按捺不住的激动与兴奋。因为我知道，春天，花事很忙，我多想在这个春天好好看一场盛大的花宴，最好能睡在一片花海，或醉在一片花潮中。

火车一路奔驰，虽然窗外是满眼新绿，可想到一树树的繁花我便觉着这不算什么了。满脑子都是娇艳怒放的花朵，仿佛那一刻已置身花间，不知归路。

我没有把目光过多停留在窗外的世界，一心奔赴心中的花海。

抵达京城，安顿好已是夜里十点。早早睡下，为了明日早起，看花。

听说玉渊潭公园的樱花烂漫，旖旎绝美。于是想哪怕赶上花落时，至少也可以目睹它纷飞的凄美，那该是多么壮观啊！我就站在它的树下，任花瓣一片一片落在我的肩头，或眉间。然而，那里留给我的除了满地枯蔫的花片，便是树上残余的花梗。我急急穿行树间，欲寻得一处花开，愿它能等我。

然，花开匆匆，我竟是错过了它的最美。心中，顿然升起了失望，还有一种悲凉。

樱花谢尽了美丽，连一丝都不肯挂在了枝头。

我再寻，愿能有一丝花意以欢喜心头。

空气中时不时弥漫着槐花淡淡的香气，可抬头看时，槐花也是隐隐落落，花枝零散，像一个憔悴的妇人在镜前拢发、描红，欲留住那一把美丽，到底是有些伤怀。

我还是不死心，偌大的园子难道就不曾为我留下一枝美丽吗？

终于，前方看到一树艳红，是那种惹眼的红，我飞奔而去，看挂牌，原来它就是碧桃花。说是碧桃，却无半点碧色，耀眼夺目的粉红一簇簇挤满了枝头，花瓣重重叠叠，犹如牡丹，繁花似锦不过如此。喜欢的还有它的树形，枝散四面，弯弯曲曲，然后一致向上，颇具艺术的美。

古语有"桃之夭夭，灼灼其华"，这番热烈的美最终在我落寞的心头成了一丝安慰，尽管它没有花开成林，只是零散的几棵，但总算是没负我不远千里，与之相见。

真的特别想在这个春天以花酿酒，与时光对盏，品一番时光温婉。于是，再寻，再找。

元大都遗址公园有海棠，景山公园有牡丹，天坛公园有丁香。景山的牡丹已看，只因前些年在颐和园也赏过，所以并没有激起多大的欢愉，而天坛公园也去过，并且我的城也有丁香，故没有多少的兴致再去。那么，选择去元大都遗址公园吧。

其实去的时候就预感海棠定也是谢了，可还是抱着一丝侥幸。

坐了很远的地铁，很累。只是为了寻得那一处欣喜，我甘愿在这番向往中辗转奔波。

又是一番迫不及待，却又是一场失落惘然。只见园中挂着"海棠花溪"的匾，却剩满眼绿色，不见海棠花开。一枝枝的残梗像数以万计的蚂蚁钻到了心里，搅和得人心百味杂陈。我不停念叨着，哎，还是来迟了，这些花儿怒放的时候一定是美丽无比吧？那该会多么让人激动啊！我感觉自己像个祥林嫂。

或者，我是在不停地安慰自己。

依然，元大都遗址公园只为我留了几株碧桃，艳艳地，固守着春天的城池。

我是个不容易死心的人，就在临走的时候，又是折腾了好远的路，跑至后海，我想看看纳兰旧居，那个在我笔下无数次出现过的温润的男子居住过的地方，还有院中的"西府海棠"。

一入院，才觉纳兰的影子已是支离破碎。几百年的风雨中走过了太多人，踏过了太多的脚印。几经易主，他微弱的身影已渐渐隐没在幽深的历史中。院中很多地方还在维修，因而我没有看到的太多，就连他亲手种下的"明开夜合树"当时也被忽略，没有找到。只有"听雨屋"与"南楼"似乎还残存着他些许的影子（其实那株明开夜合树就在南楼前，只是当时没有注意到）。南楼是当时他邀请文人墨客常常吟诗作赋的地方。我抚摸着那些亭台楼榭，想象着300多年前，那个集华贵与忧郁于一身的他定也是着一身长衫遍遍走过，或低头蹙眉，或轻吟小词。

靠近"听鹂轩"有一处红绿交错的长亭，虽然没有看到"恩波亭"三个字，因东面全部在维修，但我猜想它应该就是纳兰笔下的"渌水亭"。我坐在上面，多想更近地触摸到那时的气息。是不是他就在那里酝酿过"谁翻乐府凄凉曲？风也萧萧，雨也萧萧，瘦尽灯花又一宵？"或是"而今才道当时错，心绪凄迷，红泪偷垂，满眼春风百事非。"

走过多少岁月，擦过多少肩，那些往事最终落成了一首诗，不知穿过尘埃是否能被后人一直念念不忘？

我到处找，到处寻，纳兰却如时隐时现的星光，羸弱而稀薄。好不容易找到那两株 300 多年的"西府海棠"，更重的失望也随之砸上了心头。

海棠同样已谢尽，我无缘目睹那一树俏美，想着苏轼名句"只恐夜深花睡去，故烧高烛照红妆。"遥想着海棠的美，失落与怅然便更加重了。

最后，我悄然摘下了一片叶子藏于怀中，等待夹于书的扉页，让那些与纳兰和海棠有关的记忆永久封存。

想想之前曾两次到过纳兰旧居，都因在维修中而被拒之门外。于是我常想是我与纳兰的缘分太浅吗？我们隔的难道不止是 300 年的光阴吗？而这一次好不容易入得院中，可纳兰已如海棠深睡，此时已是绿肥红瘦。

回望这座院落，竟不知如何形容那番心情。

而那时，我恰又看到了几株碧桃，花开丰腴，含笑而立。

这一次，碧桃深深开在了我的心上。犹如一扇不经意推开的窗，轻轻地，便有疏影暗香萦绕心怀。

人生多失意，千万条路走过，未必是一路喜悦；千万首歌唱过，未必全是动听。而我们总该相信岁月慈悲，总会还你盈盈一笑。不是每一次的奔赴都会圆满；不是每一次的向往都会被温柔以待，可每一次的惆怅与抱怨却会加重心的沉痛。于此，不妨四周多看看，也许就会有一株碧桃开得正欢呢。

一朵，两朵，三四朵，朵朵那么美，朵朵像光阴静好，还有岁月的明眸。

　　我们无法向生命要求完美，只能在岁月中努力找到自己的快乐，不是吗？

　　临走时，我又多看了一眼园中的碧桃，此时它开得更艳了，在四月的春风中，摇曳生姿，花香遍地。

　　悄悄告诉你，碧桃还有一个让人意想不到的花语：消恨之意！

大美清凉山

常常会感觉很累，心神俱疲的样子。然后跑到镜子前瞅瞅，容颜尚好，虽不及当年青春年少，却依稀辨得年轻的影子。于是，我就想起了母亲说过的那句话，她说你们呀，可怎么能好好活成个老人啊，像你这么大时，我还多少的苦也不够受嘞。

是的，我还没到 40 岁，可总有太多与年纪并不同步的疲累如影随形。最后，被冠以一个很好听的名称：亚健康人群。

母亲又说，你们现在的人就是活得太舒服了。

细想，母亲的话十分有道理，温室里的花儿远没有刺藜丛中的花朵更有生命力，一样是在阳光下生长起来，可没有经过大风大雨的锤打，就不会有强大的韧性。把一种生命放逐在广袤无边的天地间，才更有狂草的野性，正所谓疾风劲草，愈挫愈勇。

没有战斗力的生命，最终也会自将萎谢。

更重要的是，人一舒服，就开始滋生各种各样的闲愁。

母亲活得很简单，日出而作日落而息，一心想着把孩子养大，把日子过好。一把炊烟，就能映出她最幸福的笑。穷困的岁月中，她也根本顾不得去拽住更多。小时候，我也以为一座土屋，一把柴火就能煮出最香甜的生活的味道。然而，把脚迈出村庄的时候，那些来自四面八方的声音开始告诉我并不是那么回事，在五彩缤纷的世间行走，多是经不得诱惑，也耐不住寂寞，或者还会有一些愤愤不平。直至后来，庞大的欲望与不甘让人几欲力不从心，心开始变得浮躁、不安，甚至动荡。

原来，一切疲累，只是源于了心。相由心生，病，也从心入啊！

《黄帝内经》有言，主明则下安，以此养生则寿……主不明，则十二官危。这里的"主"指的就是心脏。所谓的心脏之明便是情绪的稳定，心态的平和。我们都知道怒伤肝，喜伤心，思伤脾，忧伤肺，恐伤肾，可见保持良好的心绪是多么重要。

推开一扇窗，让风吹进来，或者走出去，把灵魂放到风里。

很早前别人说起清凉寺，我都不屑一顾，因为懒得爬山。但去年夏天，他硬是带我去了一次，当时，山草郁郁，偶有几朵小花摇曳在乱石之中，还有一些小小的可爱的果子立在枝头。人们成群结队顺着山间的陡峭小阶或上，或下。盛夏之时，自然骄阳似火，但爬至半山腰时，竟一扫燥热，凉爽的风扑面而来，似有清香闯入鼻间，我不知道那是大自然的味道还是山顶香火的清烟，但整个人变得神清气爽。抬起头，湛蓝的天空飘过几朵云彩，它们像一团团的棉花浮在上面，好像一伸手，就能将它们拢在怀里，绵绵的，柔柔的。

清凉寺，素有小五台之称，是文殊菩萨路过五台山修行的第一道场。清凉寺分为南北两坡，我们那时登的是南坡，南坡坡顶有一座砖塔，系辽代所建。

顺着石阶再往上爬，似乎已经看到了袅袅的香烟扶摇而上，浓郁的檀香味更甚。山顶的砖塔供奉着文殊菩萨，也是清凉寺香火最旺的地方。此时，心好像也慢慢平静了下来，回头望去，峰峦叠嶂，云雾缭绕，苍茫天地间我们不过如此微小，而那些平时放大的忧愁即便此时重重一掷，瞬间就化为了无形，根本留一下哪怕一个细小的响动。

快到山顶的时候，碰到一位年老的阿姨，看起来六七十岁的样子，可她腰板挺得直直的，手里还牵着一位很小的姑娘，应该是她的孙女。只见她满脸笑容，脖子上还挂着一串长长的念珠。但最吸引我的应该是她走路的样子，虽然那么大年纪了，但精神矍铄，步子迈得非常有力。众人都忍不住回头多看几眼，有一位女士经不住好奇就问她多大了。阿姨告诉她 72 岁了，而且她还说她经常来爬山。

终于到达山顶，塔前的香炉浓烟滚滚，很多人头举着高香在僧人的帮助下完成着朝拜的过程。砖塔平面呈八角形，雕有各种动、植物图案以及飞天、歌舞乐使形象。塔的立面呈圆锥体，造型优美，与其他辽塔一样，塔身二层以上骤变低矮，宽度由低到高递减，塔檐距离较近，形成微微膨出的曲线轮廓。

我在塔前久久站立，也将双手合十，虔诚地在心中默念"阿弥陀佛"。我与那群善男信女们一般，都是愿在这清凉山顶寻得一份平和，在这禅意深深的山间，愿真能悟出世间的事非一二，让心回归平静，拥得清凉意境。

蓝天、白云、高山、大地，一切都是如此宽广，任风穿堂而过，任泥土的清香扑鼻而来，仿若这是世间最好的良药。

心简单了，世界也就简单了。

"会当凌绝顶，一览众山小。"此情，此心，美哉！

心大了，天地自然广了。心静，自然凉，如这大美清凉山。

所谓修身，养心，养性也！

遇见美好

听说那里很美，有山有水，还有花，是我喜欢的样子。于是心就开始蠢蠢欲动，恨不能瞬间飞奔而去。

去的时候，车子开着导航，但因为多是穿行山间，导航还是失去了准确性，在一个岔路口弯弯绕绕上了很高一座山，等到提心吊胆地到达山顶，越看越不对劲然后返回原路时，向附近村民一打听，原来顺着南面一直朝前走不太远就可以到达了。

真可谓众里寻他千百度，看来，美的东西，总是要付出一些艰辛才能收获。

石柱山，位于山西省应县县城南约 30 公里处梨树坪乡，属恒山山脉。因为悬挂于峭壁之处的一排六棱形柱状石头而得名。听说那是因为四五千万年之前火山爆发，将地下 60 公里深处土地幔的超基性岩块快速喷发至地表，受冷凝固而成，好像是巨大的炼焦炉焦炭出炉又突然停止般。我百度了一下，原来这种景观在世界上极为罕见，国内少有，是旅游观光的一大胜景。

谈及应县，几十年来我一直认定它只有木塔就够了，与埃菲尔铁塔、比萨斜塔齐名，而且纯木结构，实为奇观。但没有想到，大山深处，别有洞天。

　　不过，如果光看石柱，似乎有些单调，更美的极有可能会是沿途的风景。

　　一路颠簸，转过一个弯，又绕过一条溪，路过一个村庄，又向道边一位阿姨打听了一下，终于看到了高大的汉白玉牌坊，醒目的三个大字"石柱山"一闯入视线，就有些激动了。

　　刚一进山，我的心就飞起来了，是按捺不住的兴奋。抬头望去，苍苍郁郁，尽是青山绿树，整个世界笼罩在一派生机勃勃之中。沿途的青石小路，潺潺小溪宛若置身烟雨江南，隐隐约约多了几分诗意。

　　拾级而上，耳边不时传来"哗啦啦"的流水声，偶尔还有几声不知名的鸟叫，我连声说着：真好，真好。是的，样样都是好的，一切浑然天成，毫无人工修剪的做作。山，可以尽情地苍茫；水，可以肆意地流淌；草，也可以恣意地疯长，大可不必循规蹈矩；那些花儿，或是搔首弄姿，或者微笑颔首，都可随意展示自己的美。这是一种赏心悦目的野性美，看似杂乱，却协调自然。这一缕缕的清新扑面而来，真是润遍了尘埃厚积的心怀。

　　一路上行人稀少，倒正合了我的心意，如此幽静、清雅之地，就让我纵情泡在其中，做一枚安静的茶叶，享受着温润的洗礼。陶醉，已不言而喻。

　　秋日的阳光本就褪去了热烈的光芒，然而，一进这山，更觉温和不已，山风顺着耳畔悠悠飘过，整个人都舒爽起来了。走了不远，就看到有一处石头砌成的石拱桥，一共两个门洞。它的前面有一棵大树，苍劲而灵秀，就在树的下面，杂草掩映，却难掩一条小溪欢快地流淌着，顺着桥洞奔流而下。

　　再往前，不远处又看到几座石桥，桥身的缝隙处有不甘寂寞的小草钻了出来，露出可爱的样子。因为一路有清水做伴，绿草为陪，爬山的路并不觉疲累，反而每走一步，都是一种享受。

梁玉春说：整天的春雨，接着是整天的春阴，这真是世上最愉快的事情了。因为喜欢，所以欢喜。

虽然此时不是春花烂漫，没有春雨绵绵，但这满目的清秀怎不是大自然的恩赐？在秋尚未横行的时候，庆幸我没有错过这一场美丽，且让我借你一片风景，染笑流年。

这里没有多深的文化底蕴，没有潮流的设计，也谈不上姹紫嫣红，甚至有些粗糙。但我喜欢的就是这份自然，所谓小景却也怡情。

行走其中，轻松，自在，仿佛尘世间所有的纠结与烦恼都放下了，那些一度纠缠着的欲念生生被挡在了山外。

山路缓缓，青草兼葭，我不禁俯身下去，撩起一股清泉，这是山间的灵物，一滴入口定也是清洌满怀。这让我想起了故乡的小溪，也是如此年年月月流淌着，它的欢快常常让我叩问懵懂的灵魂，它凭什么在无人问津的时候依然满是欢颜，而永不疲累？

我喝了一口，一样的甘甜。难道这就是它来到人间之所以执守的意义吗？它相信总有一天，会有哪怕一个人会尝到它的好，是吗？

这世间，总不会辜负你的每一种坚持，和那些小小的山花一样，我终究是来了，没有负了它的开放。

山路越往上，两边的树越发茂盛了起来，四周环绕着的山峰也更郁郁葱葱，脚下的石阶有点看不清石头，被密密麻麻的绿草铺了一路。而这时候的山花也开始多了起来，时不时也会看到缀满枝头的野果。

说来，那山花有点小，纤细的腰身在风里孱弱地舞动，像羞羞答答的邻家小妹，薄薄的花瓣让人很容易联想到一位细眉细眼的温婉女子。它们有白的、黄的、粉的，在一大片的绿草丛中，你若不仔细打量，是很容易忽略的。这与我心里霸道而狂放的野花大相径庭，它们"无意苦争春"，如此淡泊而宁静地活着，真真让我刮目相看。还有一种植物，像狗尾巴草的那种样子，只不过它毛茸茸的穗儿更小些，是紫红色的，很深沉，很内敛。

没有想到，这山也有沙棘果，我原本以为只有右玉才会生长那样的果子，它与右玉是融为一体的。看来我错了，可能因为有山泉滋养，石柱山的沙棘果更大更艳，它们一簇簇挤在枝头，远远就能看到那显眼的黄，我摘了一个，小小的皮肉放进嘴里，咂巴一下，酸酸甜甜，沁人心脾。再往上走，又看到了一种橘黄色的果子，树苗并不算大，可能也属于灌木类吧，我瞅了半天也没有认出来，料定之前从来没有见过。

走着走着，忽然不见了石阶，前面似乎都是层层叠叠的绿草，没了路的样子。然而，丈夫却突然喊我："平，你看，这就是石柱吧？"

难道是"山重水复疑无路，柳暗花明又一村"吗？果然，向西转头，一道峭壁上，整齐林立着一排并不粗壮的石柱，冲天而起。崖顶长满了密密麻麻的绿树，巍然而苍劲。可谓大自然的鬼斧神工，有如一幅生动的壁画，让人流连忘返。看它的下面，年深日久冲刷下来的碎石凌乱地堆放着，偶然还有几株不怕死的树冒出了头。

人所站之处与石柱隔了一道深沟，到处是疯长而簇拥着的青草，所以无法近前，只能远远欣赏。此时正午，阳光泻下的光芒洒满山崖，雾蒙蒙的，让那石柱倒多了几分玄幻的色彩。

站立久久，我在想四五千万年前这里发生的事情，这一方世界究竟经过了怎样的动荡才会变成今天的样子，这一排林立的石柱是不甘寂寞的，它们经过了多少的隐忍，又需要多大的力量才能冲破厚实的土层，拥抱阳光，沐浴清风？

石柱无言，大山无言。

看完了石柱，虽说也就看到了这山上当家的景致，但我还是有点意犹未尽。放眼望去，此时不过身居半山，就想着再往上走，大有不到山顶非好汉之心。于是，只好循着别人踩过的足迹，扒开草丛，在蜿蜒而狭窄的小路上继续攀爬。

再往高处，已经听不到流水的声音，不知它的源头在哪里，更不知在那苍苍郁郁之中它会途经哪里，去往哪里，它有它生命的轨迹，以及存在的方式。而这山上的每一物同样都有自己一场生命的意义，就连那只猛然蹿出路口的松鼠想来都有一番自己的情怀，在这山间安然度日。

没有修改的山路，曲曲弯弯，时而就找不到了方向，时而又要绕过沟壑，但沿途能听到鸟叫，以及不停搜寻着新鲜的花花草草，倒也是一番惬意。

因为体力不支，终于还是半途而废。气喘吁吁的我只好在快到山顶时，找得一处山坡躺下，青草为铺，野花为枕，清风成曲，整个儿就融了进去，于这天地浑然一体。

天真的好蓝啊，那种干干净净的蓝。

这一切都是天地的馈赠，来自大自然的慷慨。闭上眼吧，好好享受这片刻的宁静，感谢这山给了我如此美丽的心情，我着实是喜欢这种真实，以及淳朴。少了人为的痕迹，更多的是纯粹而清新。

喜欢这山，喜欢它的自然美！

下山之时，返身望去，石柱山有如一位平常的女子，粗布衣衫，清妆素颜，可一身的灵气却让人喜爱不能，总觉它的身上有不可抵御的诱惑。也曾登极北岳恒山、南岳嵩山，也沿途见过许多名山，那种壮美的气势，以及峰峦叠嶂之神奇，无一不让石柱山自惭形秽。但我不能否认我依然是喜欢它的，野性中的美，豪放的美，不够高贵，却足够美丽。

如今，像这种原始的美，已经不多了。

忽然就想，很多时候，我们看山，看到的也并非只是山。你可以把山当作山，也可以不把山当作山，山中一世界，人间几多事！